장만영 전집 2권

시편 2

장만영 전집 2권

시편 2

장만영 전집 간행위원회 편

국학자료원

■ 장만영 시인의 젊었을 때의 모습

- 결혼하던 해 아내의 생일을 맞아 기념촬영(당시 아내의 나이 17세)
- 결혼 후 황해도 배천(白川) 읍내에 있는 남산에 올라 기념촬영
- 1974년 7월 부인 박영규 여사와 사진첩을 들춰보며 즐거운 한때를 보내고 있는 장만영 시인
- 행복해 보이는 장만영 시인과 아내 박영규 여사

■ 초애(草涯) 장만영 선생(1914~1975)

■ 조병화 시인과 서울 명동성당 앞에서 기념 촬영한 장만영 시인(왼쪽)

■ 장만영 시인의 저서들, 왼쪽부터 시집 『저녁놀 스러지듯이』(73년), 자작시해설 『이정표』(58년), 시와 수필 『그리운날에』(65년), 시집 『밤의 서정』(56년)

『초애 장만영 전집』 발간에 즈음하여

초애 장만영 선생이 서거하신 지 어느덧 30년이 지났다. 향년 62세도 아쉬움이었지만, 그 후 세월에서도 다시금 덧없음을 느끼게 된다.

돌아가시기 2년 전의 시집 『저녁놀 스러지듯이』를 대했을 때의 무엇인가 허전하였던 마음이 어제의 일처럼 돌이켜 생각이 들기도 한다.

> 길손이 말없이 떠나려 하고 있다
> 한 권의 조이스 시집과
> 한 자루의 외국제 노란 연필과
> 때 묻은 몇 권의 노우트와
> 무수한 담배꽁초와
> 덧없는 마음을 그대로
> 낡은 다락방에 남겨 놓고
> 저녁놀 스러지듯이
> 길손이 말없이 떠나려 하고 있다

저때, 시집에서 「길손」은 시행을 짚어 가며, 갑자기 신약해지신 것이 아닌가, 불길한 예감이 앞서기도 하였었다.

선생은 서울 서대문구 평동 55번지의 골목 안 자그마한 집에 사셨다. 때로 찾아뵈면, 언제나 저 작은 미닫이 창문을 열고 반기셨고, 너그러운 음성으로 당신의 근황보다도 이 켠 주변의 안부부터 묻곤 하셨다. 당신의 평동 생활은 저 시집 속의 「게蟹」와 「네모진 창가에 앉아」에 그대로 여실히 드러나 있다.

이 놈은
가끔 외롭다고 집게질을 한다
이 놈은
가끔 바보처럼 운다

―「게・Ⅳ」

네모진 창가에 앉아
놀 비낀 서쪽 하늘을 바라보며
「몽마르트르의 일몰」을, 반・고흐를
그의 고국 네덜란드를 나는 생각한다

―「네모진 창가에 앉아・끝 연」

저 1970년대 초반의 어려운 세상을 평동의 골목 안 좁은 공간에서 외로이 칩거하다시피 한 삶이셨다. 오늘에 이 시를 되짚어 보기가 안쓰럽고 죄스럽기만 하다.

1974년 3월에 주신 편지 한 통에 생각이 미친다.

홍이섭 추도시를 쓰다가 문득 '전라도 생각'이 나서 이 붓을 들었소. 버스로 세 시간 밖에 안 걸리는 그 곳이 오늘은 왜 이리 멀게만 생각되오. 그 동안 내가 병원(고려병원)에 들어가 보름 동안 고생하다가 31일 퇴원해서 이런지도 모르겠소. 아무에게도 안 알리고 찾아 주는 벗 하나 없는 쓸쓸한 생활을 하다가 나왔소. 죄 없는 아내만 얼굴이 해쓱해 갖고 곁에 의자에 앉아 밤새우고 하는 꼴 정말 가슴 아팠소. 아내의 정성 탓인지 이렇게 나와 편지도 쓰고 시도 쓰고 하니 정말 살아난 것 같소. 이제 그만 쓰겠소. 약간 피로해서. 안녕히 계시오.

'홍이섭'은 선생과 동갑으로 1974년 3월에 작고하셨다. '전라도 생각'이란 저때 병상의 동서 신석정 선생을 두고 하신 말씀이었다. 당신의 입원을 전주의 동서에게도 알리지 않으셨던 것이다. '죄 없는 아내'는 신석정 선생의 처제 '박영규 여사'를 일컬음이다.

여기에 사신私信을 공개한다는 것이 외람된 일이나, 저 무렵 선생의 일상 심경을 다 헤아리지 못했다는 뉘우침과, 다른 한 편『저녁놀 스러지듯이』에 대한 일반 독자의 이해에 혹 도움이 되지 않을까 하는 생각이 앞섰기 때문이다.

가까이에서 봐온 선생은 언제나 낙천적이셨다. 황해도 배천온천의 부유한 가정에서 부유한 삶을 누리셨음에도, 광복 후 실향민으로서의 고단한 서울 생활에 어떠한 짜증도 아픔도 밖으로 나타내는 일이 없으셨다. 또한 선생은 문단의 화제에서도 문학인에 대한 험담을 하시는 일이 없었다. "시인은 시인이 아껴야 한다"는 게 선생의 평소 말씀이셨다.

한국신시학회 주최로 선생의 10주기를 추모하는 '문학의 밤' 행사가 열린 바 있었다. 저때 조병화 시인은 추모시「맑은 물처럼, 흙처럼」으로 선생의 삶과 시를 되새겨 주신 바 있다.

> 한국의 중부 서정을
> 밝은 언어의 결로
> 황토색 짙게
> 시를 깎으며 평생을 살아오신
> 62세
>
> 세월은
> 팔랑개비
> 시단을 던져 버리고
> 평동 골목에 묻혀
> 알맞게 사시다 알맞은 세월, 알맞게 떠나시는 모습
> 당신의 어진 시 같습니다

이 추모시로부터 20년 세월이 흘렀다. 이제 선생은 저승 세계의 어느 자연을 누리며 다시 만난 생전의 문우들과 어떤 시, 어떤 담소를 나누고 계실까. 선생이 이승에 남기신 시의 위상은 우리의 시문학사에 한 자리매김이 되어 있을 뿐 아니라, 앞으로도 계속 시문학도들에 의하여 논의될 것이다.

한 가지, 선생께서 한 평생 시를 쓰시며 시를 어떻게 생각하시었나 하는 것만은 다시 한 번 들어 두고 싶다. 선생은 서거 10년 전, 한국시인협회에서 엮어 낸 "나의 시 나의 시론"에 당신의 시에 대한 생각을 명료히 들어 말하신 바 있다.

> 시의 감동과 여운은 '애수적인 미'에 있다.
> 시의 목적은 '자기 만족'(쾌감) 외에 다른 공리성을 가질 수 없다.
> 시에는 '나'가 있고, 나의 '시'가 있을 뿐이다.
> 시에 '쾌감' 외의 '의미 부여'나 '현실 대결'을 요구하는 것은 마땅한
> 일이 못 된다.
> 시를 쓸 땐 쉬운 말, 소박한 말, 한글만으로 명료한 표현을 하고 싶다.

감히 위 다섯 가지로 요약해 볼 수 있지 않을까. 선생의 시론은 무엇보다도 선생이 남기신 시 작품과 시에 대한 감상, 해설의 글이 실증하고 있다. 시에 대한 선생의 생각이 오늘에도 어떠한 의의가 있고, 앞날의 우리 시에 어떠한 생명력으로 이바지될 것인가는 오직 시학도의 연구에 맡겨진 일이라 할 수밖에 없다. 이번 『초애 장만영 전집』의 간행 의의도 이 점에 있다.

끝으로, 유족으로서는 그동안 마음만 동동거렸을 뿐 힘이 미치지 못했던 일을 외솔회 총무이사 박대희 선생께서 추진하여 오늘의 아름다운 간행을 이루게 되었다. 어찌 유족뿐이겠는가. 우리 시문학의 앞날을 위해서도 다 같이 고마워해야 할 일이 아닐 수 없다.

2014년 12월 12일 탄생 100주기를 맞아
『장만영전집』 간행위원회 위원장 최승범

장만영 전집 2권(시편 2) 차례

『장만영 전집』 발간에 즈음하여 · 최승범

장만영 전집 2 차례

제7시집 『놀따라 등불따라』

제8시집 『저녁놀 스러지듯이』

제1부 _ 저녁놀 스러지듯이

제2부 _ 등불따라 놀따라抄

마지막 시집 『창작 노트에 담긴 시詩들』

제1부 _ 창작 노트에 담긴 시詩들

장만영 전집 1 차례

제1시집 『양羊』

제2시집 『축제祝祭』

제3시집 『유년송幼年頌』

제4시집 『밤의 서정抒情』

제5시집 『저녁 종소리』

제1부 _ 저녁 종소리

제6시집 『장만영 선시집選詩集』

제1부 _ 三十年代

장만영 전집 3 차례

『현대시現代詩의 이해理解와 감상鑑賞』

『그리운 날에』

제1부 _ 여수旅愁

제2부 _ 등불 따라 노을 따라

미발표 산문

장만영 전집 4 차례

『1958~1961년 일기문』

『1961~1968년 일기문』

『1969년 일기문』

『새벽 종으로부터 저녁 종까지(1898년)』

『러시아 염소담艶笑談』

『프랑스 설화집說話集』

張 萬 榮

第七詩集

『놀따라 등불따라』

경운출판사 · 간

1988년

제1부

놀따라 등불따라

봄의 급행열차急行列車

봄이다.
급행열차다.
남풍에 유리창들이
저렇게 흔들리고 있잖은가.

때묻은 외투가 피로와 같이
걸려 있는
벽, 그 벽에 걸린 지도 위엔
아직 흰 눈이 쌓여 있건만
벌써 맑다라한 햇볕이
뽀얗게 장난친다, 나뭇가지 끝에서.

소녀들을 금붕어.
도시의 어항 속을 헤엄쳐 다니고
엷은 쇼울은 시냇물.
아낙네들 어깨로 흘러 내린다.

지금쯤 어느 먼 산골짝
물방앗간 물방아도 돌아가리라.
오늘은 내 가슴 속

어린이들이 기를 흔들고 있다.

봄과
급행열차와
좋은 일이 좀더 있어야 할 내일에—.

풍경風景 속에서

산과 산 사이에
논이 있고 밭이 있고
밭과 논 사이에
실낱 같은 여울이 있다.

그것은 고향의
한 풍경과 같다.
어쩌면 나는 지금 고향으로
돌아가는 길인지도 모르겠다.

아까부터 내가 탄
버스는 언덕길을
올라만 가고
내려갈 줄을 모른다.

아니 나는 지금 고향으로
돌아가는 것이 아니라
하늘을 찾아가는지도 몰라.

하기야 거기가
바로 내 고향이지.
왜라니, 원래 나는 이 속세에
잘못 내려온 사람이니까.

풍 경 초風景抄

포도원에서는
청포도가
마지막 더위를 뿜고 있다.

더위는
끈덕지게 젊음을
끌어다가
여기
포도원에 앉히고

알알이 맺어 있는
청포도의
하소연을 들려주고 있다.

포도송이를
하나
따면 그대로
향기가 풍긴다,
지성의, 그리고
감성의.

작품作品 II 편篇

I

달빛을 타고
갈바람이 방에 들어와
두툼한 소설책을 읽고 있다.
갈바람은 가끔 킬킬 웃는다.
갈바람은 가끔 생각에 잠기기도 한다.

갈바람은 주인이 없는 줄 알고 있다.
그러다가 문득 갈바람은
방 한 구석에 누워 있는
구레나룻 수염이 길다란 주인을 발견하고
놀라 창 넘어 달아난다.
책상 위에 놓여 있는 소설책은
갈바람이 펼쳐놓은 채
언제까지나 달빛을 받고 있다.

II

내가 걸어가는
길은 하늘에 닿은 것 같았다.
그때 하늘에는 찬란한

오색구름이 그 빛을
반짝이고 있었다.
거리의 자동차들이 그 하늘로
줄지어 겨올라 가는 것 같았다.

그 뒤로 피곤한 다리를 끌고
시민들이 줄지어 따라 올라가는 것 같았다.
이윽고 오색구름은 꺼졌다.
구름이 꺼지자 그 자리에 놀이 비꼈다.
만국기처럼 아름다운 놀-.
먼데서 어렴풋
군악대의 행진곡이 들려왔다.

밤이었다.
나는 다시 발걸음을 옮기며 걸어갔다.

달 · 포도 · 잎사귀

순이 버레 우는 고풍古風한 뜰에
달빛이 밀물처럼 밀려 왔구나

달은 나의 뜰에 고요히 앉아 있다
달은 과일보다 향그럽다

동해 바다 물처럼
푸른
가을
밤

포도는 달빛이 스며 고읍다
포도는 달빛을 머금고 익는다

순이 포도 넝쿨 밑에 어린 잎새들이
달빛에 호젓하구나

Moon, Grapes and Young Leaves

Soonee,
in my old fashioned antique yard,
where insects are chirping,
Moonlight has tided into.

Moon sits still,
Sweeter than fruits.

Like waters of the East Sea
Blue
Night,
Fall

Grapes are fair of moonshine
Grapes are ripe of moonshine

Soonee,
Those young leaves under grape-vines
look lonely,
For the moon lights.

* Translated into English by Won, Young Hee
(SungKyunKwan University)
번역: 원영희(시인)

나뭇잎이 떨어진다

나뭇잎이 떨어진다,
가을햇볕 속에서 하나둘…….

떨어지는 나뭇잎 속에도
할 말은 있어
좀체로 그치지를 않는다.

나뭇잎이 떨어진다.
바람은 먼 곳에서 왔는데
나뭇잎이 떨어지고 또 떨어진다.

나무들이 옷을 벗기 시작한다.
벌거벗은 그 속에서
나는 새로운 목숨을 줍는다.
땅에 떨어진 밤알을 줍 듯이.

잎새끼리 주고 받는
그말들을 나는
귀담아 듣기도 한다.

떨어지는 나뭇잎이라고
그냥 보아넘길 수 없는 것이다,
그것도 나에게는 즐겁고
한없이 소중하기에―.

낙 엽 초落葉抄

거리엔 여기저기
등불이 호박꽃으로 피어 있었다.
내가 산에서 내려올 때는
옆에서 누가
뺨을 쳐도 모르게시리 캄캄했었다.

빈 서재에 들어서니
책상 위 낙엽이 한 잎
편지처럼 놓여 있었다.

등불을 밝히고
밤늦도록 나는 원고를 쓴다.
책 읽고 싶은 걸 참자니 시장기조차 난다.
허나 나는 낙엽처럼 무가치한
이 원고를 쓰지 않을 수는 없다.

나는 내가 나를 분실한 지
이미 오래된 것을 잘 알고 있다.

길 손

길손이 말없이 떠나려 하고 있다.
한 권의 조이스 시집과
한 자루의 외국제 노란 연필과
때 묻힌 몇 권의 노우트와
무수한 담배꽁초와
덧없는 마음을 그대로
낡은 다락방에 남겨 놓고
저녁놀 스러지듯이
길손이 말없이 떠나려 하고 있다.

날마다 떼져 날아와 우는
검은 새들의 시끄러운
지저귐 속에서
슬픈 세월 속에서
아름다운 장미의 시
한 편 쓰지 못한 채
그리운 벗들에게 문안 편지
한 장도 내지 못한 채
벽에 걸린 밀레의
풍경화만 바라보며 지내던
길손이 이제 떠나려 하고 있다.

산둥 너머로 사라진
머리처네 쓴 그 아낙네처럼
떠나가서 영영 돌아오지 않을
영겁의 외로운 길손.
붙들 수조차 없는 길손과의
석별을 서러워 마라.

닦아놓은
회상의 은촛대에
오색 촛불 가지런히
꽃처럼 밝히고
아무 말 아무 생각 하지 말고
차가운 밤하늘로 퍼지는
먼 산사의 제야의 종소리 들으며
하룻밤을 뜬 채 새우자.

The Wayfarer

The wayfarer is about to leave without a word.
One book of Joyce's poems,
A yellow pencil, foreign-made,
Several notebooks, well-stained,
Countless cigarette ends, and
An evanescent heart, still
Being left behind at the old and shabby attic,
As the sunset fades away
The wayfarer is about to leave without a word.

Even the blackbirds noisily chirped,
Flying into and tweeting together day after day,
One poem about the beautiful rose
He wrote not,
Even one greeting letter to friends, longing for,
He mailed not.
He's been staying and only watching
Millet's landscape painting, hanging on the wall.
The wayfarer is now about to leave.

As a lady disappeared beyond the hill,

Wearing a head-covered muffler,

The eternally lonely wayfarer would

Never return after his leaving.

Do not be sorrowful at this parting

from the wayfarer

Whom you never could hold back.

In well-wiped

Silver candlesticks of reminiscence

There are five colors of candle neatly.

Light them like flowers.

Do not say a word nor think.

Listening to a night-watch bell,

Ringing from a temple in a distant mountain

And spreading up away in a cold night sky,

Let's stay up all night long.

* Translated into English by Won, Young Hee
(SungKyunKwan University)
번역: 원영희(시인)

게蟹

- 나의 초상肖像 -

이놈은 몸집이 커 둥글박거리기만 한다.
이놈은 모로 기면서 바로 걷는다고 생각한다.

*

이놈은 배고동 소리만 들어도 몸을 오므라뜨린다.
이놈은 조금만 분해도 입으로 거품을 내뿜는다.

*

이놈은 구멍 속에 틀어박혀 나오길 싫어한다.
이놈은 달을 좋아하면서 실은 무서워한다.

*

이놈은 가끔 외롭다고 집게질을 한다.
이놈은 곧잘 바보처럼 운다.

조 춘早春

햇볕이
풀밭 위에 내려와
햇병아리들을 쫓아다닌다.
쫓기는 햇병아리들은 쫓기면서
요리조리 새봄을 찾아
싸다닌다. 싸다니다가
쪼아먹는다.

그러면
병아리들이 싸다니며
쪼아먹은 그 자리마다
으레 뭔가 기쁨 같은 것, 또는
서글픔 같은 것들이
하나둘 새싹처럼
움터 나온다.

놀따라 등불따라

어느 날 황혼—
어제와 같이 그 시간에 그녀와 나는
언덕 위에 가축모양
말없이 앉아 있었다,
언제까지나.

이윽고 그녀와 나는
어느새 작은 물고기가
돼 있음에 놀랐다.
몸에는 수없이 많은
비늘이 돋쳐 있었다.
그리고 조그만 꽁지까지 생겨
움직이면 요리조리 제법 꼬리쳤다.

그녀와 나의 눈 앞으로
놀이 흘렀다. 등불이 흘렀다.
놀이 등불이 물 위로 흘렀다.
놀따라 등불따라
그녀가 흘렀다. 내가 흘렀다.

새벽을 찾아가는 것이었다.
그녀와 나는
웃으며 떠들며 꽁지치며
흘러가는 것이었다.
자꾸 흘러가는 것이었다.

새벽을 만나면 그녀와 나는
그 어느 뭍
푸른 보리밭 고랑으로 찾아 들어가
아름다운 한쌍의
종달새가 될 수 있다고 믿으며
흐르는 것이었다. 그녀와 나는
놀따라……
등불따라…….

나무가 바라는 것

날마다 새들이 날아든다.
모어든다, 나무로! 나무로!
개미떼가 다람쥐떼가
길다란 뱀 족속들이 겨오른다,
나무로!

가끔 바람이
뛰어 다닌다, 나무에서 나무로.

허나 진정
나무가 바라는 것은 바람이다.
거센 바람이다.
거치장스런 나뭇잎새들을
온통 흔들어 땅에 떨어뜨릴
그런 무섭게 사나운 바람이다.

나무는 거치장스런 나뭇잎새들을
모조리 날리고 싶은 것이다.
벌거벗고 알몸으로
서있고 싶은 것이다.

담뱃갑에 그적거린 시詩

I
창에 기대어 사람들은
무엇을 바라보고 있는가?
무엇을 생각하고 있는가?
저 멀리 구름이
생겼다 죽어갈 뿐인데…….

II
전원에서 도시로
줄지어 들어오는 꽃꽃꽃꽃.
내가 구겨진 봉투에
수치를 넣어갖고
거리에 나선 시간에.

III
벌써 노래엔
손톱만한 진실도 없고
시간은 영 떠나가고
강물처럼
차가운 것만이 흐르누나.

IV

대낮은
풀잎 같이 고요만 한데
불행 속에 나는
말없이 앉아 있었다,
행복을 느끼며…….

V

너는 나에게 외면하거나
그렇잖으면 무서운 얼굴만 한다.
왜 너는 나를 모른다 하느냐?
왜 밀치고 사라지려 하느냐?

대낮의 이미지

그 검은 머리카락에서는
늘 마른 풀잎내음이 풍겼다.

주고 받는 말소리는
가락 속으로 흐르는 샘물.

두 사람 눈에 퍼어러니
넓고 푸른 들이 말려들어 올 때

갑자기 새들의 지저귐이
우리의 귀를 찢으며 달아났다.

염소란 놈은 염소들만이 알아듣는 말로
물방앗간 저쪽에서 엿보는데

익을대로 익은 새빨간 딸기여
터질 듯 터질 듯한 산딸기여!

침묵이 숨차게 감싸 도는 대낮
입안은 산딸기로 그득하였다.

본 · 스트리트Bond Street

본 · 스트리트는 바닷가 조그만 고장.
낯선 이방인들이 가끔 드나다니는 거리.

상점 유리창이며 간판들이
온통 바닷빛인데
여기 Bond Street를 파는 담뱃가게에서
나는 바닷빛 눈의 한 소녀를 만났다.

바닷빛 눈의 소녀는
바다 빛깔의 표지를 씌운
시집을 들고 있었다.

그것은 발레리의
『바닷가 무덤』이었다.

저녁 바람은 바닷소리 속에서
마지막 나의 여행을 재촉하는데
등에 놀이 지고
돌아 나오는 내 가슴 속엔
바닷빛보다 짙푸른

노스탤지어가 서리었다,
꽃도 낙화지는 본 · 스트리트의
하늘 아래서.

꽃 · 독초毒草

그것은 꽃이었다,
창에서
불타는 시선으로
나를 쏘아
거리에 쓰러뜨린 것은.
나는 쓰러진 채
할 말을 잊고 있었다.
슬픈 눈을 하고
먼발치로 그저 바라보고
있을 뿐이었다.

그것은 꽃이 아니라
하나의 독초였다.
내가 그것을 가져다 삶아
온통 들이켜자
나는 느끼었다,
온 몸에 독이 퍼져
돌아가는 것을.

어디선가 3시를 치는
시계소리가 들려왔다.
나는 잃어진 시간 속에서
기침을 했다.
끙끙거렸다.

포플러나무

하늘 끝까지 닿은 듯 우뚝 솟은
우물가 포플러나무를 부둥켜 안고
소년은 애걸복걸하였다,
한 번만이라도 좋으니 안아 올려 달라고.
하건만 포플러나무는
소년의 소원은 들은 체 만 체,
산 너머 먼 하늘만 온종일 바라보며
저 혼자 웃음짓고 있었다.

소년 소묘素描

소년은 그가 엄마보다 먼저 죽었으면 하였다,
그러면 그의 죽음을 슬퍼할 한 사람의
여인이 있겠기에─.
하건만 그의 엄마는 그를 남겨 놓고
훌쩍 저 세상으로 떠나가고 말았다.
소년의 마음에 큼직한 구멍이 뚫린 것은
바로 이 때이다.
지금도 이 구멍으로 바람처럼
그의 엄마가 드나들고 있다.
쿨룩쿨룩 기침을 하며……
생시와 똑같이.

길

<유 년幼年>
호미라도 끌적거리며 걸어가고 싶은
길 저쪽으로
파아란 하늘이 비잉빙 돌고
소달구지 하나가 지나가지 않는
쓸쓸한 풍경 속엔
하이얀 갈꽃
한들바람에 파르르 떨고 있었다.

<소 년少年>
바닷속 진주로만 보이는
도글도글 예쁘다란 조약돌이
흐르는 냇물 밑바닥에 그득 깔려 있었다.

고의를 정갱이까지 걷어 올린 채
중머리 땅에 떨어뜨리고
소년은 잠시 난처한 표정을 짓는다.
철떡철떡 끌고 온 짚신짝의 처리 때문에.
—버리고 갈까, 냇물에.
—버리고 가자, 냇물에.

<청 년靑年>

뒤돌아보면 강만큼이나 크고 넓었다.
이끌어 주는 이 없는대로 철벅철벅 철벅거리며

그러나 용하게 건넜다.
혼자서 건넜던 것이다.

그것은 덥지도 춥지도 않은
산비둘기 소리 산에서 들리는 한가로운 날이었다.

술상머리

술상머리에 껴앉아 있다.
마실 줄 모르는 술병들을 바라보고 있다.
술잔을 입가로 가져가며 마시는 척해본다.
들었다 놓았다
놓았다 들었다 다시 놓는다.
우습지 않아도 모두들 웃어댄다.
없어도 있는 척한다.
즐겁지 않아도 즐거운 척한다.

애 가哀歌

너는 나타났다, 어디서인지.
너는 전과 조금도 다름이 없었다.
너는 한때 나를 좋아했다.
너는 내가 아니면 죽는다 했다.

다섯 해, 아니 꼭 여섯 해만이었다.
미도파로 건너가는 꽃가게 앞에서
너는, 나는, 딱 마주쳤다.

너는 촌색시 같은 옷차림에
촌색시처럼
손에 노란 책보를 들고 오는 것이었다.

나를 보자 너는
별안간 울상을 했다.
그리고는 내 앞을 종종걸음으로 지나갔다,
무엇에 쫓기듯이.

이것이 뭐냐!
나는 보기 좋은 전봇대였다.

그때 내 혈관 속으로
뭣인가 서글픈 것이 흐르는 것을 알았다.
나는 갑자기 머리털이 와락 희어졌나.

골목길에서

비바람이 땅을 친다.
담을 친다. 지붕을 친다. 어둠을 친다.
울고 있다. 비바람이 골목길에서
통곡하고 있다.

할머니가 울고 있다.
눈으로 울고 있다. 어깨로 울고 있다.
입으로 울고 있다.
비창의 한없는 시간이 눈물처럼
흐른다. 흘러내린다.

비바람 치는 속 불안의
허어연 허깨비가 들썩거린다, 비좁은 이 골목길에.
나는 모른다, 왜 내가 여길
끌려왔는지를. 그 까닭을 모른다.

뛰쳐나갈 수 있다면
올리브 바다가 나를, 섬이, 항구가,
먼 도시의 시민들이 나를 반겨
맞아 줄 것도 같다마는…….

지금 눈이 가려져 있다.
지금 입마저 재갈 물렸다.
나는 허덕지덕 맴돌 따름이다, 연사간 노새모양.

소리의 판타지Fantasy

눈같이 차고 흰 여인을
나는 피 묻은 입술로 사랑했었다,
눈같이 차고 흰 베드 위에서.

내 가슴 속에
아무도 모르게 살고 있는 새.
내가 이렇게 피를 토하는 건
그 새란 놈이 내 가슴을 쪼아 먹기 때문이다.

오늘따라 파도는 왜 저리 사나운가!
파도소리에 섞여 어렴풋 여인의 목소리가
들려온다.

파도소리
나를 찾는 여인의 목소리
여인의 목소리, 사나운 파도소리
그보다 좀 더 먼 곳으로부터의
머리 위 하늘 속인 양 싶은 곳으로부터의
저 소리, 저 나팔소리가
내 정신을 빼앗는다.

밤도 이제 지새리라.
신의 병졸들도 나타나리라.
그리고 날 끌고 가리라,
큼직한 십자가가 서 있는 저 산비탈로.

갈바람과 매음녀賣淫女와

갈바람이 매음녀처럼
웃음을 띠고 나를 부른다.
매음녀처럼 갈바람이 나를 끌고
으슥한 뒷골목으로 간다.

갈바람이 매음녀처럼 쌀쌀타.
매음녀처럼 쌀쌀한 갈바람이
내 등을 밀며 달아난다.
달아난다. 달아난다.

어두운 문턱 너머로 갈바람이
매음녀의 방안을 들여다 본다.
갈바람처럼 매음녀는 자리에서 딩굴며
어서 들어오라고 손짓한다.

오오 갈바람처럼 쓸쓸한 웃음이여
오오 갈바람처럼 싸늘한 입술이여
오오 갈바람처럼 헤매는 마음이여

나 부裸婦

나부는 한 권의 그림책.
얼마든지 바라보고 있고 싶고
어루만지고 있고 싶고
언제까지나 가지고 있고 싶다.

거기엔 과포밭이 있다.
거기엔 짙푸른 숲이 있다.
거기엔 태고적 맑은 샘이 있다.
거기엔 부드러운 언덕의 기복이 있다.
거기엔 이름 없는 무덤들이 있다.
거기엔 막막한 들판이 있다.
거기엔 파아란 꿈이 있다.
거기엔 노랫가락이 있다.

그윽히 풍기는 몸내음.
분내음. 꽃내음.
가슴 밑바닥까지 스며드는 내음이여!
나부는 우리의 향토.

나는 고향에 가고 싶다.
아아 나는 포옹하고 싶다.
푸른 하늘을 달리던 달빛이
잠깐 방안에 들러 나부 이마에
그칠 줄 모르는 경건한 키스를 하고 있다.
그것은 낮이나 밤이나 내 마음을
쪼아 먹고 있는 노스텔지어ㅡ.
아아 나는 돌아가고 싶다.
나는, 나는 울고 싶다.

침묵沈默의 시간

난데없이 마차가 달려들어
나를 치고 달아났다.
나는 길가에 쓰러진 채 언제까지나
멀리 달아나는 마차의
행방만을 응시하고 자빠져 있었다.

수레바퀴소리
젊은 남녀들의 광적인 노랫소리
고함 치는 소리가
들려 왔다, 거친 파도소리처럼.

왜 나를 치고 달아나는가?
그대로 달아나야 하는가?
나는 모른다, 그 까닭을.
나는 모른다, 그 마차임자를.
출발지를. 도착지를.

하늘에는 코스모스처럼
별들이 억없이 피어 있었다.
그때 나는 아무런 감동 없이

느끼는 것이었다, 적막만을.

수레바퀴소리에 섞인
노랫소리 고함소리가 오래
남아 있었다, 나의 귀에.
나는 일어나고 싶지 않았었다.

상처는 입었으나 그러나 나는
믿고 있었다, 죽지 않을 것을.
회한이 있을 수는 더욱 없었다.
이와 같은 침묵은
오히려 위대한 것 같았다.

값진 시간만이 나에게는
더할 나위 없이 필요하고 소중하였다.

봄의 거부拒否

어떡할 것인가, 계절은 봄인데?
어떡할 것인가, 거름도 내야겠는데?
논갈이도 해야겠는데 어떡할 것인가?
밭갈이도 해야겠는데 어떡할 것인가?
씨도 뿌려야겠는데 뿌려서 가꿔야겠는데
어떡할 것인가?

파릇파릇한 저 새싹이 안보이는가?
꽃들이 아름답지 않은가, 산에 핀 저 꽃들이?
눈부시지 않은가, 저 햇덩어리가?
저 나무들의 들먹거림을 못느끼는가?
구름장이 나타나리라 보지 않는가, 저 하늘에?

왜 말이 없는가?
왜 거부하는가, 순수한 이 손길을?
왜 멀리 떠나려고 하는가? 왜 스스로의 위치를 못찾는가?

대체 어딜 가려 하는가?
뭣을 하겠다는 것인가? 어떻게 하겠다는 것인가?
왜 말이 없는가?

깊은 밤 촛불 아래서

불행을 위해 태어났던
고뇌의 인간이여
짐승처럼 살다 간 사나이여
굶주림에 떨던 벗이여
거지의 손자여 갓바치 아들이여
쌍둥이 짝이여
구청 말단직원이여

그는 한때 조화를 만드는 여직공 마리아를 사랑했었습니다.

마리아는 꽃만드는 소녀라서 꽃처럼 아름다웠습니다만, 파리의 한 소녀들처럼 썩은 마음 밖에 가지고 있지 않았습니다.

공원 속에는 플라타너스가 네 그루 서 있었습니다. 그 나무 그늘에서 그와 마리아는 파리의 밤을, 센느강을, 강물에 비친 불빛을, 밤하늘을, 밤공기를 즐거이 얘기한 일도 있었습니다.

하건만 파리의 소녀 마리아는 드디어 매음굴로 들어가고야 말았습니다. 딴 소녀들이 그렇듯이 비단옷으로 갈아입고…….

서로 손 잡고 나란히 걸어가는 남녀만 보아도 그는 가슴에 단도라도 맞은 듯 신음소리를 질렀습니다.

여자란 값진 보석, 다쳐 볼 수 없는 왕관, 그저 먼 발치로 바라보는 것이라고만 생각하였습니다.

자기를 사랑해줄 여자는 한 사람도 없을 거라고 탄식하며 끝내 장가 못
들고 그는 서른넷의 젊은 나이로 죽었습니다. 그처럼 안타까이 여자 하나,
자식 하나를 가지고 싶어 하였지만…….

눈물 속에서 위안을 받고
가난에서 오히려 신을 찾아낸
몸집 작은, 그러나 위대한 우리의
소설가 샤를르 루이 필립이여
오오 나의 벗이여
찬바람만 오가는 깊은 이 밤
내 책상머리 촛불도 추위에 떠오.
『뷔페 드 몽파르나스』
고 조그만 문고본을 손에 들고 읽노라면
머지않아 눈도 내려
우리집 지붕에 쌓일 것 같고
하얗게 쌓인 저 눈길을 터벅터벅 나를 찾아
베르드리 할아버지가 올 것만 같으오.

어떤 시詩

비웃어 주자 실컷
양철로 만든 훈장을 비웃어 주자.

담배나 피우자.
차나 마시자.

이러고 앉아
저기 벽에 걸린

모나리자나 바라보면서
실컷 비웃어 주자.

물은 썩었다.
그 물을 먹어선 안된다.

물을 퍼내자.
모터로 퍼내자.

내일을 생각하면서
장미를 심자,

예쁘디 예쁜
우리의 장미를.

시詩와 나와

내가 시를 만난 것은 아득한 어린시절이었다.
나는 그와 어울려 한종일 숲길에서 놀았다.
그때 나는 즐겁고 행복하고
그리고 인생은 아름답기만 했다.
그러나 지금 시는 나에게 짐이 되고 말았다.
나는 이제껏 이 짐을 벗어 놓지 못한 채 살아간다,
끙끙거리면서 땀을 흘리면서
피를 토하면서…….

바위가 된 소년

아무래도 길을 잘못 든 모양이었다. 이미 해는 떨어지고, 소년의 앞을 막으며 다가서는 건 어둠뿐이었다. 갈 길을 찾는 소년의 눈엔 얼어붙은 밤 하늘이, 밤하늘의 총총한 별빛만이 비쳤다.

발기발기 찢긴 그의 피 밴 입성은 그가 걸어온 지난날의 도정.

자꾸 앞으로 쓰러지려는 몸을 소년은 간신히 가누고 있었다.

떡갈나무 숲 속에서 맹수들의 노린내가 풍기었다. 인가는 없는가? 없으리라. 인가는 이 산중에 없으리라.

소년은 밤이 지새기가 바쁘게 또 떠나야 할 것이 걱정스러웠다.

어딜 뭣하러 가는지조차 모르는 나그네길이었다.

그는 알고 있다느니보다 느끼는 것이었다, 내일도 모레도 글피도 그그글피도…… 그리고 다음 날도 또 다음 날도 가야 한다는 불안을.

밤이 깊어지자, 산골짝을 타고 내려 덮치는 바람결이 사나웠다.

사뭇 울상이 되어 서 있던 소년은 바로 머리 위에서 이때 역정 내시는 그의 돌아가신 아버지 목소리를 들었다, 살아 계셨을 때와 똑 같은.

— 이 녀석아, 뭘 우물쭈물하고 있느냐. 얼른 바위가 돼, 바위가!

캄캄한 어둠을 뚫고 내려치는 눈보라는 더욱 심해졌다. 차가운 것이 그칠 줄 모르고 그의 온 몸을 적시었다.

소년은 소스라쳤다. 저도 모르는 사이에 어느덧 그의 하반신이 바위로 변해 있지 않은가. 그는 별안간 산짐승 같은 울음을 터뜨렸다, 눈보라 속에서 언제까지나……

하나의 유물遺物

백하고도 열 몇인가 되는 나무테를 주름살처럼 내보이는 느티나무 반
닫이가 하나 새삼스러이 그 낡은 빛을 낸다, 새로 꾸민 방 한 구석에서.

죽 늘어선 일곱 개의 술병들이 우리 조상들의 위패로만 보인다. 가문을
상징하는 무슨 표장이나 되는지, 위에는 박쥐가 두 마리, 아래에는 모란꽃
이 두 떨기.

가장자리를 둘러싼 열 몇인가의 나비와 스물 몇인가의 별들은 또 무엇
을 뜻하는 것일까?

모두가 백동장식이어서 소박하고 고풍스러운데 오늘 밤따라 이 대단치
않은 유물이 유달리 내 마음을 끌어당긴다.

이것은 우리 할아버지의 할머니가 쓰시다가 아버지의 할머니께 드린
것을, 아버지의 할머니가 할머니께, 그리고 할머니가 어머니께, 어머니가
또 내 아내에게로 내려 물려주신 거라고 한다.

할아버지의 할머니, 아버지의 할머니는커녕 할머니 얼굴도 나는 알지
못한다. 허나 이 반닫이는 그 어른들 얼굴을 기억할 것이요, 그 목소리를
들었으리라 싶어 나는 이 유물에 정이 간다.

가을이라서 벌레들이 밤마다 요란스러이 울고 있다. 이런 밤이면 아내
는 이 반닫이 앞에 앉아 곧잘 어린것들의 양말짝을 깁곤 한다, 아득한 그
옛날 할머니들이 버선을 기웠듯이.

요즘 갑자기 머리가 희끗희끗 희어져가는 아내의 얼굴이 어찌 보면 돌아가신 그 어른들의 얼굴로 그렇게 보이고, 깊은 밤 고요 속에 반닫이에서는 할머니들의 기침소리, 이야기소리가 들리는 것 같아 나는 가끔 귀를 쫑긋거린다, 먼 산 바라보는 나귀처럼.

산등성에 올라

새새끼 한 마리 포르르 포르르 한없이 깊어 보이는 하늘의 푸르름 속으로 날아갔다. 나는 그 검은 한 점을 응시하며 나도 저 새새끼처럼 멀리 어디론지 가버리고 싶다 생각하는 것이었다.

인기척 없고 산새도 울지 않는, 몇 포기 갈꽃만이 파르르 바람에 떠는 조용한 산중이었다. 나는 그 때, 무슨 일이 일어날지 모르는 아직 경험하지 못한 나의 미래를 생각하고 있었다.

햇볕 따사로운 대낮이었건만 상상하는 시간의 둘레는 그지없이 어둡고, 그 어둠 속에 내가 태어난 포근한 한 마을이 먼 바다에 떠 고기잡이 하는 등불처럼 켜졌다 꺼졌다 하는 것이었다.

아아 고향 땅 가을빛 지금도 변함 없는가. 사상도 감정도 모조리 말라버려, 말라버린 가랑잎처럼 바삭거리기만 하는 나는 목이 탔다.

나는 산등성에 올라 한 손을 눈가에 가져다 대고 푸르름 속으로 사라진 아까 그 새새끼의 행방을 더듬은 채 언제까지나 울고 있었다.

밤의 노래

난로 위 주전자 물이 설설 끓고 있다, 섣달이라는데 눈은 내리지 않고 달빛만이 유난히 영롱하다

니는 찻잔에 더운 물을 따라 설탕을 넣어 저으며 프란시스 잠이 태어난 것도, 그리고 그가 눈감은 것도 필시 이런 밤이었으리라고 생각해본다.

                    *

난롯가에 앉아 조는 나른한 즐거움이여!

주전자의 끓는 물소리가 가까워졌다 멀어졌다 그쳤다 한다.

나는 무릎에 담요를 걸치고, 멀리 길 떠난 그리운 이들을 그리워하다가 그들과 만난다, 꿈나라에서.

그들은 그 전날의 그 모습 그대로이다. 나는 그들과 더불어 슬프지 않다.

그만 눈을 떠야겠다고, 그리고 얼마 안 남은 원고를 마저 써야겠다고 생각하면서 언제까지나 졸고 있다. 그리운 그들과 헤어질 것이 서운해서이다.

난롯가에 앉아 조는 나른한 즐거움이여!

겨울밤은 이렇게 깊어가고 나의 겨울은 호젓한 속에서 소리없이 계속된다.

분 수噴水

　분수에게 눈부신 광선을 씌운 건 태양이었다. 광선을 머리에 쓰고 분수는 좋아서 하늘 높이 솟구쳐 겨올라 갔다. 겨올라 갔다가는 이내 굴러 떨어졌다.

　굴러 떨어졌다가는 다시 솟구쳐 겨올라가고, 솟구쳐 겨올라갔다가는 또 떨어져 내려오면서 분수는 그래도 노래만은 잊지 않았다.

　분수는 노래 불렀다, 풀밭에서.
　노래 부르다가는 딩굴며
　시시덕거리기도 했다, 히스테리처럼.

　쓸쓸히 미소지으며 분수는 나에게 인사를 한다. 그리고는 가끔 호소한다. 은밀한 속삭임 속에는 그러나 남이 알지 못하는 슬픔이 있었다. 눈물이 있었다.

　분수는 실은 여길 좋아하지 않았다. 번거로운 도심지대를 멀리 떠난 저 구름의 왕국, 거기 나무그늘이 분수가 가 있고 싶은 곳이었다.

　지칠대로 지친 육체.
　이제 머리에 쓴 광선마저 거추장스러운 듯
　요즈음 분수는 날로 우울해져만 갔다.

여름 지나 가을 지나 겨울철에 접어들자 분수는 갑자기 기침을 하기 시작하더니 흐느껴 우는 날이 부쩍 많아졌다. 우리 분수는 병들어 노래나 말조차 완전히 잊어버리고 서 있었다.

행 인 가行人歌

그녀는 가끔 나를 바보가 아닌가 의심한다. 그것이 우스워 나는 더욱 바보인 체한다. 어떻게 할 것이요, 내가 바보가 아닌들 이 판국에ㅡ.

욕되지 않느냐고 성화댄다. 가난이 욕될 수는 없는 일. 설사 도둑괭이모양 어느 다리 밑 시궁창에 쓰러질지언정 안심하오, 욕되게 살진 않을 것이니.

그녀는 언제 행복이 오느냐고 울먹댄다. 사람이면 누구나 남모르는 슬픔은 마냥 있는 것. 행복은 우리 마음속에 있는 거요.

몸이 고달파 온 몸이 쑤신다고 한탄한다. 그럴 때마다 그녀는 어린것들에게 곧잘 짜증을 낸다. 애들이 그저 귀여운 것을……. 그저 예쁜 것을……. 나는 몸 아닌 마음 구석구석이 쑤시오.

지나가 버린 일들이 그립다고 한다. 지나가 버린 일들이란 모두 즐겁기 마련. 잊으려 할 것도 없거나와, 생각할 필요도 없겠지.

제2부

푸른 골짜기

독 백獨白

대가리의 이 뿔이 무서워 모두 날 조심하는가 보다. 허나 보시오, 이 눈을. 본디 착한 짐승이라오.

한종일 뙤약볕 아래 밭갈이 하고, 밤새껏 별빛 아래 무거운 짐도 나르고…… 군말 않고 숙명의 멍에를 메고 다니는 나는 어진 짐승.

때로는 분한 일도 있어 홧김에 받아 넘기려 덤벼들 적도 없지 않으나, 이내 물러나 주저앉음은 남을 해치길 싫어하는 성품에서요.

보다시피 몸이 이렇게 육중하오만, 유달리 고독을 타오. 등불 하나 없이 캄캄한 외양간 어둠 속에서 남몰래 여물 아닌 슬픔을 짓씹는 밤도 하루이틀이 아니라오.

무엇보다 귀찮고 불쾌한 놈은 저 쇠파리떼. 그러나 투욱투욱 꼬리쳐 쫓으며 먼 산 구름을 향해 영각하며 살아가오.

갈 대

나는 아까부터 이렇게 창가에 앉아 서녘 하늘에 비낀 놀을 바라보고 있습니다.

그 여자의 얼굴빛 같은 놀ㅡ.

놀이 얼마나 스러지지 않고 언제까지나 그대로 저기 걸려 있었으면 얼마나 좋겠습니까?

내 앞에 놓인 둥그런 탁자엔 때 묻은 담배쌈지와 나와 같이 늙어가는 파이프가 하나 있을 뿐, 과실 한 접시 홍차 한 잔 책 한 권이 없습니다.

나는 담배를 담아 입에 물고 성냥을 켜댑니다. 그리고 나서 내 조그만 쪽배를 띄웁니다, 때의 흐름 위에……

서서히 과거로 더듬어 거슬러 올라가는 쪽배. 그러나 쪽배 지나 온 물길에서 아무런 흔적도 찾아내지 못한 채 들입다 위로 겨올라갑니다. 어처구니 없어 하기에 앞서 "지난 날 너 무엇을 하였느뇨?" 하는, 베를레느 아닌 탄식이 저절로 나옵니다.

그 시절 미래는 미소 띠고 나에게 눈짓했고, 나는 넓게 퍼진 하늘에서 던지는 그 진주빛 눈짓에 빨려 그만 해 가는 줄도 알지 못했습니다.

사실 나는 무척 게으른 한갓 목동에 지나지 않았습니다. 한종일 언덕에 누워 하늘의 푸르름만 바라보며 살았으니!

그러나 시간은 여간만 빠르지 않더군요. 나이는 어느덧 나를 갈대처럼 둘러 싸았습니다. 이제 나는 이 속에서 헤어나오지를 못합니다.

그렇다고 몸부림치고 싶은 심정은 아닙니다. 나에게 아무런 회한도 없습니다. 그저 상여처럼 조용히 내 앞을 지나가는 <때>를 바래줄 따름입니다.

갈대에는 갈꽃이, 내 머리에는 갈꽃보다 더 흰 빛깔의 꽃들이 만발했습니다. 꽃들은 가벼이 스치는 미풍에도 우수수 집니다만, 그러나 미풍에 지는 낙화 속에서도 나는 깊은 생각에 잠기곤 합니다.

정거장 점경停車場 點景

저기 기차가 황량한 들판을 황소처럼 어슬렁 어슬렁 걸어오고 있다. 들을 가로질러 무쇠다리를 건너 그 놈이 산기슭을 막 돌아나올 무렵, 시그널이 새빨간 능금을 툭 떨어뜨린다. 그러면 건널목 차단기가 소리없이 스르르 내려오고, 이윽고 종소리가 난다. 뗑그렁 뗑그렁 뗑그렁…….

기차가 가까운 거리에서 제법 큰소리로 한바탕 영각을 한다. 그 소리를 듣고 컹컹 내짖는 삽살개들. 선롯가에서 한가로이 놀다 달아나는 도야지 도야지 새끼들, 종종걸음으로 도망치는 하얀 닭의 무리. 뗑그렁 뗑그렁 뗑그렁 종은 울고, 종이 우는 속을 그제서야 기차는 정거장을 찾아 들어간다, 울을 찾아가는 가축모양.

기차는 발걸음을 멈추고 서서 씨근거린다. 땀을 줄줄 흘린다.
엄청나게 많은 손님을 입으로 토한다. 조그만 자동차들이 정거장으로 줄달음친다. 마차가 그 뒤를 분주히 쫓아간다.

"모두 물탕을 하러 오셨군요?"
"여기서 봄과 만나기로 약속이 돼 있소."
"아직 봄은 안 왔는뎁쇼?"
"탕이나 하며 기다려 보지요."

여관집 포터는 아르헨티나의 경찰관.
"여관으로 가시죠!"
"가빙 이리 줍쇼!"
"저의 집이 조용합니다!"
"내탕 있는 저의 여관으로 가시죠!"

벌떼처럼 달려드는, 달려들어 매달리는 포터떼. 여객들이 어리둥절할 지경이다. 슬금슬금 꽁무니를 빼는 손님도 있다. 앗! 점잖은 신사가 개화장으로 아르헨티나의 경찰관을 한 대 후려 갈긴다.

벨이 플랫폼을 요란스러이 흔들자 물 먹으러 갔던 기관차가 그제야 돌아와 다시 거닐기 시작한다. 이번에 가서는 봄을 싣고 오려는가. 갑자기 묘지처럼 조용해지는 시골정거장.

포도알 풍경風景

비 그친
일요일 위로
흐르는 푸른 풍경은
한 알의 투명한
청포도.

포도알 속
산기슭엔 마을이
낡은 호롱불이라 깜박이고
그 작은 마을 앞은
눈부신 시내.

시냇물에 발 잠그고
손 적시며
풍금소리 따라 사라진 어린시절과
저녁마다 만나서 기도하듯 속삭이던
귀여운 한 소녀의 순결에 내가 젖어 있노라면

바로 이때
머리 위로 새새끼 한 마리

쪼르르 쪼르르 먼 하늘
저쪽으로 울며 날아간다,
죽은 그 소녀의
애처로운 영혼인 양…….

전라도 길

이 길은 내 나이 젊었을 때
존경하는 시인 한 분을 뵈러
난생 처음으로 찾아 왔던 길이다.

이 길은 그 시인의 처제 되는
아리따운 한 처녀를 아내 삼고 싶어
천리길 주름잡아 오가던 길이다.

이 길은 내 아내 된 사람을
차에 태워 가지고 우쭐우쭐
황해도까지 데리고 가던 길이다.

이 길은 머리에 보따리 이고
올망이 졸망이 어린것들 손 끌며
빗발 치는 포탄 속을 아내가 피란 내려오던 길이다.

이 길은 살아 있다는 그들을 만나러
추풍령 저쪽 경상도 땅에서
헐레벌떡 내가 뒤쫓아 왔던 길이다.

오늘 오랜만에 이 길을 간다.
오월 훈풍에 흰 머리카락 날리며 간다.
솔바람소리 들으며 간다.

나의 반생과 같이 긴, 그리고
눈물겹도록 정 깊은 길이다,
이 전라도 길은.

등 불

서재의
서적들의
깊은 골짜기에는
새빨간 등불이 하나 켜 있다.

반딧불이만한
아주 작은 등불이다.
떠나가는 여인의 마지막 미소 같은
몹시 쓸쓸한 빛이다.

이렇게 작고 쓸쓸한 것이나
결코 나에게 어둠을 보여주지 않는다.

밤이 홍수처럼 밀려와도
꺼지지 않고 빛을 밝혀 준다.

불안한 나날에 내가
흔들리지 않고 버티는 까닭은
내 고독한 거리를 지켜주는
이 불빛이 있기 때문이다.

화려한 촛대도 뭣도
도시 원치 않는 위인이고 보면
어쩌면 한 세상 이대로 깜박깜박
살아 갈 수도 있을 것 같다.

샘물처럼

호젓한 등불 아래서
소년의 마음이 활자를 더듬는다.
긴 편지를 쓴다.
펜대를 입에 가져다 지그시 깨문다.
그리고는 생각에 잠긴다.

이런 밤 갈바람은
곧잘 창으로 뛰어들어
소녀의 붉은 뺨을 희롱한다.
희롱하며 지난 이야기를 하자고
조른다, 앳된 목소리로.

소년은 대답이 없다.
조용한 시간만이 소년의
손가락 사이로 흐른다.
흐른다, 풀잎 속을 가는 샘물처럼.

매화부인梅花夫人

검은 눈매
볼 때마다 낯 뜨겁소,
세상 꼴 수치스러워
하 수치스러워…….

한종일
때로는 밤이 지새도록
원고랍시고
썼다 지웠다 찢었다 하며
몸부림치는
어제 오늘.

창 밖의
저 꽃내음마저 너무 짙어
어찔어찔한 속에
울컥 구토가 나오.

어서 이리 주시오, 그 항아리를.
항아리의 물을.

먼 샘터까지 가서
이처럼 단물을 떠 오셨구료,
오오 매화부인!

註 : <매화부인>은 김환기 화백의 그림으로, 20년 가까이 내 방에
     걸려 있다. 따라서 나라는 인간과 그 생활을 누구보다 잘 알고
     있는 것도 바로 <매화부인>이다.

산 길

바람이 인다. 풀잎이 흔들린다.
풀잎이 바람에 흔들리자
내 마음마저 흔들린다.

산길에 서면 나의 눈이
아직 놀 가시지 않고 남아 있는
산등성이를 더듬는다.
나의 사슴새끼가 넘어 간 것도
바로 저 산등성이.

오오 어린 사슴이여
이제 너는 영 돌아오지 않으리라.
어린 사슴 있던 빈 자리에는
풀잎 자라나 바람에 흔들리고
코를 푹 찌르는 그 냄새만 더욱 짙다.

날 저물자 바람이 사나워진다.
무슨 말이라도 하고 싶은 듯이
그때 나는 커다란 바위가

산에서 나를 내려다 보고 있다는 것을 알아본다.
갑자기 나는 불안에 싸인다.

바위는 내 아버님.
이대로 가만히 있을 수 없어
한 걸음 한 걸음 나는 산으로 올라간다.
풀잎을 헤치며
요란스런 바람 속을…….

하 원夏園

넓은 뜰
무성한 풀잎새와
풀잎세 그 많은 나무들도
대화에 지쳐버린 한 여름의
밤.

고풍한 연못가
아름드리 소나무와
소나무 사이로 불빛이
전설처럼
새어 나오고

거기서는 간간이
무슨 소리인가 들려오곤 하였다,
바람이 아닌, 물 속의
물고기 뛰는 소리도 아닌.

그것은 달밤 산너머로 가는
들릴듯 말듯한
노새의 방울소리.

또는 오래 잊었던 옛 이야기를
속삭이는 어렴풋한 소리.

밤이 깊도록
불빛은 꺼지지 않았다.
소리도 여전히 계속 들려왔다, 간간이.

그때 나는
꽃잎에 앉은 창백한
한 마리의 나비였다,
몸마저 떠는…….

푸른 골짜기

산도 푸르고
물도 푸르고 바람마저
푸른 이 골짝
긴 나그네길에 지쳐
오늘 여기에 쉬다.

고향이 따로 있더냐,
고요와 안식이 있는 곳이면
어디이든 내 고향
내 집이로다.

언젠가는 또
어디론가 떠나가야 하는
몸이지만 그것을
생각해 무엇하랴. 슬퍼할 것은
더욱 못된다.

오월의 꽃내음
짙은 이 강산
이 골짜기에서

내일을 기다리며 심장의
고동을 듣다.

조그만 동네

비석가게의
돌 쪼는 징소리
그 쇠붙이 소리 한 귀로 들으며
언덕배기에 올라서면
경희궁 옛터 늙은 아카시아들이
짙은 꽃내를 뿌리며
저만치서 웃음짓는다.

무너진 성줄기 따라
국립관상대로 가는 하이얀 길이
앞으로 직선을 치며
쭉 뻗어 나가고
그 아래로는 옹기종기 들앉은
고만고만한 초라한 집들이
생활의 가냘픈 등불을 지키고 있다.

밤이 깊으면
여우 우는 소리
부엉새 소쩍새 우는 소리
간간이 들려 오고

다니는 사람마저 드문
골목은 호젓해
인왕산 호랑이새끼라도 내려와
두리번거릴 것만 같다.

도심지대 가까이 위치하고
먼 두메인 양 적적한
이 조그만 동네
여길 나는 좀체로 떠날 수가 없다.
떠나고 싶지 않은 것이다.

황촛불 휘황한 밤

파초선 놋 촛대 위
황촛불 휘황한 밤
속옷 고름 풀어 헤치고
두 손으로 봉긋한 제 가슴을 붙안아 본다.
마냥 울렁거리고 있는
가슴은 불꽃,
불꽃이 이제 바람을 부르고 있다.

그렇건만
이 너르나 너른 송도 장안에
정 주고 싶은
사나이 하나 없다, 진이에게는.
밤하늘을 홀로 날아가는 새를 보는 듯
진이는 쓸쓸하다. 슬프다.
쌍까풀이 풀리도록
가늘게 눈매를 내리뜬다.

진이는 이윽고 거문고를 끌어당긴다.
끌어당겨 줄을 고른다.
동당동, 끌기둥

동징징, 쓸쓸 쓸기둥
아랫입술을 지그시 물었다 놓았다 하며 진이는 거문고 줄을 고른다.
줄이 얼른 맞지 않는다.
여느때처럼 얼른 맞지 않는다.
황촛불만 휘황히 타고 있는 동지섣달 기나긴 밤.

진이는 마침내 술래를 멈추고 얼굴을 스란치마로 감싼다.
그리고는 어린애처럼 진이는 운다,
어미 보고 싶어 하는 어린애처럼.
나에게는 아무도 없다.
아무도 없다. 아무도 없다.
진이는 운다. 진이는 운다.

이방異邦 부산釜山

거리의 쇼윈도 속에 나타난
기린모양 키가 큰 녀석—
나는 고개를 돌리고 눈을 감는다.

사막지대砂漠地帶 아닌 이 거리에
나는 여기를 뭣하러 뛰어들었는가.

여기는 내 고향이 아니라
마음은 목선木船처럼 흔들리고
나는 어찌 할 바를 몰라한다.
나는 이방인異邦人이 아닌 이방인異邦人이다.

유 산遺産

I

그가 살고 있는 집은 옛 성가에 있었다.

봄이면 아카시아꽃내음이 코를 찔렀고,

가을이면 낙엽 지는 소리가 바로 창밖에서 들려오곤 했다.

가을이었다. 그는 대청마루에 나와 앉아 옆집 지붕마루 너머로 환히 떠오르는 달을 바라보며 그의 나이를 생각하고 있었다.

그의 나이는 52세였다. 52세면 릴케가 눈을 감은 해였다.

II

그는 부모로부터 아무런 유산도 받지 못하였다. 그것은 동란통에 부모가 돌아가셨고, 동란덕분에 그의 집 재산은 몽땅 北으로 들어가고 말았기 때문이다. 그러나 그는 그것을 안타까와하지는 않는다. 오히려 잘 되었다고조차 생각되는 때도 있다. 재산 상속이란 가끔 말썽이 따르기 마련이요, 또 떳떳하지도 못한 것이니 말이다.

상속받은 것이 없는데다가 그의 기반이었던 고향이 갑자기 무너지고 말았으니 그가 가난할 수밖에. 그러나 남들은 그를 돈이 있다고 보고 있다. 그리고 그도 돈 있는 체 행세한다. 없다고 해보았댔자 곧이들을 것 같지도 않거니와, 그런 궁색한 소리를 한다고 누가 그를 도와줄 성싶지도 않기 때문이다.

그는 현재 가난한 부자로 행세하고 있다.

Ⅲ

그는 부모로부터 이렇다 할 재산상속을 받지 못했으나, 실은 큰 재산을 딱 하나 상속받아 기지고 있다. 그것은 다름 아닌 건강이다. 그는 굉장히 건강한 사람이다. 그리고 그의 자식들도 모두가 건강하다. 이것만이 조상으로부터 받은 큰 보배이다.

바 다

바다로 가리라. 바다는 요란스런 웃음소리로 내 마음을 후련히 풀어주리라. 산으로 가리라. 산은 말 없는 그 침묵으로 나를 얼싸안아주리라. 그리하여 나는 자연이 주는 누구보다 따뜻한 접대를 즐기리라.

그러나 내가 가지고 갈 수 있는 선물은 무엇인가. 그저 납덩어리만큼 무거운 내 마음 하나밖에 없다. 이것을 줄 수야 있겠는가. 그렇다면 나는 둘도 없는 에고이스트이다.

오냐 나는 발가숭이 마음과 자연을 사랑하는 끝없는 이 정열만을 들고 가리라. 그리고 그들에게 말하리라, 나는 병들었다고—.

뻐꾹새

뻐꾹새소리 들으면
고향 그립다.
어린 시절이 그립다. 그 옛날
치악산 기슭을 홀로 헤매다니며
저 뻐꾹새소리를 들었노라.
그때 나는 어렸었다.
그때 나는 줄창 혼자였다.
그때 나는 꿈과 눈물이 많았었다.

하건만 내 이제 삶에 지쳐
고향 아닌 이 도시에 나와
저 뻐꾹새소리를 듣는다.
주름잡힌 낯을 찌푸리며
나 홀로
서글픈 마음에서 듣는다,
뻐꾹새소리는 전과 다름 없건만.

겨 울 밤

유리창에 성게 깔리고
이 세상은 몹시 차겁다.
달은 무정한데
바람 식칼로 치는 것 같다.

신이여
집 없는 자들을 불쌍히 여기시옵소서.
헤매 다니는 거지들을.

신이여
이 저녁 가난한 자들을 불쌍히 여기시옵소서.
등불가 눈오는 밤길을 더듬어가는 자를.

커튼 깊이 내려
유월 날씨처럼 내방 따뜻하다.
하지만 어딘가 집 없는 애와 같이
내 마음 추위에 떨며 울고 있다.

시詩를 찾아서

이렇게 책상 앞에 이대로 앉아 있고 싶다.
앉아서 시詩를 찾고 있고 싶다.

책은 수풀.
거기엔 꽃들이 만발해 있고
꽃핀 숲길에는 많은 시인들의 모습이 보인다.
모두가 시詩를 찾고 있는 것이다,
어린시절 밤알을 줍듯이.

선 인 장 仙人掌

온실 안―거기엔 4미터 가까운 크기의 선인장이 한 그루 서 있다. 노오란
꽃이 잔뜩 피어 있다.

"저 선인장꽃을 몇 송이 파실 수 없으세요?"

"선인장 꽃을요?"

"네."

"저건 가져다 꽃꽂이도 안될 터인데……."

"하 신기해서……." 얼굴을 약간 붉힌다.

"딴꽃으로 하시죠. 프리지어나 시클라멘, 지금 한창입니다. 저쪽 칸으로
가서 구경하시겠어요?"

"싫어요. 저 꽃이 필요해요."

"필요하다구요?"

"네, 필요해요."

청년은 사다리를 가져다놓고 올라가 꽃을 따 아래로 던진다. 그것을 무슨
큰 보배나 되는 것처럼 치마폭을 벌려 받는 여인.

여름날의 조용함

호주머니에서 손을 쓸어넣고
골목길을 빠져나와 거리로 나가

호주머니에 손을 쓸어넣고
큰 길을 건너서 골목길로 들어서서
통술집에 앉아서
내 넋을 적시는 술이라도 마셔보자.

풀잎이 바람에 흔들리면
내 마음이 흔들린다.
눈이 푸른 산맥을 좇는다…….

산등을 넘어간 사슴은 돌아오지 않는다.

풀잎새 냄새가 코에 풍긴다.
산길과 산길의 바윗돌이 나를 보고 있다.
말하고 싶어 하는 듯이…….

가만히 산길에 서서
어릴적 이미지가 생각나면 산을 향해 걸어갈 뿐이다.

서울의 하늘은 움직이지 않는다.
구름 한 점 없이 조용만 하다.

푸른 하늘엔 무엇인가 있다.
너무도 맑고 조용해 그런 생각이 든다.

어리석고 우스웁고 창피스럽기조차 한
나의 과거.

이젠 아침저녁으로 인종하는 길 외엔 생활이 없다.

원한도 없이 상심한 것처럼
하늘을 쳐다보는 나의 눈.

하늘은 불타고
밭고랑은 계속되고
구름 떠 눈부시게 빛나고.

피를 토하는 듯한 애처로움, 슬픔.

바람은 고향을 몰고 온다, 푸른 고향을.
몰고 왔다 몰고간다, 어디론지ㅡ.
바람 속에 고향이 퍼어러니 보인다.

거리엔 흥분한 자동차들만이 미친 듯이 달아나고
오가는 사람은 말이 없다,
떠나는 애인이 마지막으로 던져주는 미소처럼.

슬프게 담배를 피운다, 한 모금 또 한 모금
피우는 것이다…….

아름다운 영혼은 우는 것이었다.

공원의 조용한 나무의자는
나의 후회를 달래준다.

어두운 후회, 언제까지나 붙어 다니는 후회.

시작詩作 노트

Ⅰ. 평동平洞집

나는 나의 나날을 사랑하리라.
가난한대로 현재의 생활을 사랑하리라.
밝고 따뜻한 집에 앉아
마음을 저 하늘에 맡기고
구름처럼 여러 세상을 내려다보며 살리라.

그렇게 아무 개개치는 것이 없으니
그날 그날이 사뭇 뜀박질하는 것 같다.
언제였느냐고, 어디서였느냐고 묻지 말자.
아직 어린줄만 알았더니
강아지 새끼가 새끼를 어느틈에 잉태했다.
시집간 딸년은 손자놈을 업고 오고
바람은 꽃내를 싣고 오고…….

오늘은 또 일요일이다,
언제가 일요일이듯이.
내일도 모레도 글피도
나에게는 나날이 일요일.
교회종소리 들리지 않으나

태양과 아침은 상쾌한 일요일이다.

아내는 빨래를 널고
나는 긴 의자에 앉아 신문을 본다.
커피를 마신다.
옛 궁터 늙은 아카시아가
푸른 빛을 띠고 기지개를 켠다.
날마다 일요일 아침에ㅡ.

장미넝쿨이 담을 타고 엉키며 퍼져나가더니
방울방울 예쁜 꽃망울 억없이 맺혔다.
희한하다, 저 빛을 보라.
내 어린시절을 되만난 것 같구나.
꽃은 마음의 보석,
밤이면 짙은 내음 토하고
달도 용마루에 올라와 내려다본다.
떠날 줄을 모른다.
조그만 뜰 조그만 꽃들이나

내 이들을 어여삐 여기리라.
그들 우리를 기쁘게 해주거니.
그리고 끝없는 대화를 나누리라.
꽃들 생명의 시를 읊고
나는 그들을 따라 읊고ㅡ.

Ⅱ. 막내둥이

시장한 것도 아니련만
공연히 마음만 허전한 날이 있다.
그런 날이 여러 날 계속되기도 한다.
이럴 때마다 나는
옆에서 세상 모르고 자고 있는
꼬마의 손을 잡는다.
손은 한결같이 따스하다.
그리고 그 손은 허전한 내 가슴에
봄날의 꽃바람처럼 온화한 것을 전해준다.
나는 꼬마의 미래를 그리며 잠을 청하곤 한다.

애 조 사 哀弔詞

       I

그 흔해빠진 종이만사
인조견만사 한 장 없이
그래 당신들은 이렇게 쓸쓸히 떠나세요.

그처럼 좋으시던 몸
다 어디 갖다 주시고―
뼈만 남으셔서
아들만 쳐다보시고…….

그 숱 짙던 머리카락
인자하신 눈매만은 찾아뵐 길 바이 없고
"큰애야!" 부르시던
그 음성마저 들리지 않네요.
아버지! 어머니!

이 세상에 오셨다가
욕된 하늘 아래 고생만 그득 하시고
그래 이렇게
나무 한 그루 없는 산비탈

백토 속으로 드시나이까…….
아버지!
어머니!

      II
이게이 뭐예요?
이게이 뭐예요?

여기가 어디라지요?
어떻게 여길 오셨어요?
어째 오서야 됐지요?

고향땅
그 푸른 산소로는 왜 못가시는지요?
그 많던 친지들
그 많던 친지들 얼굴 다 어디 가고 보이지 않지요?
이게이 뭐예요?
이게이 뭐예요?

늦은 가을에

옛 궁터에 아카시아꽃 피고
밤이면 부엉새가 와서 울었다.
원고를 쓰는 손은 몹시 시리기만 했다.
한장한장 원고는 쌓여도
그것은 넋 없는 종잇장.
다시 읽어볼 생각도 없이
그저 쌓여 갔다.
처량한 마음이여
언제까지 이런 생활을 해야 하느냐.

해가 질 무렵, 가까운 번잡한 거리에 나서면 더욱 마음 서글펐다.
오가는 사람들 물결에 휩쓸리며 나는 원고를 봉투에 넣어갖고 걸어갔다.

아카시아 꽃도 지고
여름도 가고
가을 바람이 겨울을 부를 무렵
원고는 책으로 되어 거리에 나왔다.

온 실溫室 I

유리로 지은 집입니다.
창들이 하늘로 열린 집입니다.
집은 연못 가 딸기밭 속에 있습니다.
거기엔 꽃의 가족들이 살고 있습니다.

지평선 너머로 해가 기울고
밤이 저 들을 건너올 때면
집 안에는 빨간 등불이 켜지고
꽃들이 모두 모여 앉아 저녁 식사를 합니다.

자, 이리로 오시오.
좋은 음식 냄새가 풍기지요?
꽃들이 지금 저녁 식사를 하고 있습니다.
저, 접시에 부딪치는 포크며 나이프 소리가……
저, 무슨 술냄새 같은 것이 나지요?

이리로 좀 더 가까이 와 보시오,
보기에도 부럽게 즐거운 가족들입니다.
그리고 저 의상이 어쩌면 저렇게 곱습니까?
식사가 끝나면 으레 꽃들은 춤을 춥니다.

조금만 여기에서 기다려 주시오.
이윽고 우리는 아름다운 음악을 들으며
이 세상에서 보기 드문 호화로운 춤을
구경할 것입니다.

온 실溫室 II

       I

그 집 창들은 아침마다
하늘을 향하여 먼저 열리었다.
그러면 꽃들은 환호성을 올리며
태양 광선을 방으로 맞아들였다.

꽃들은 부지런하다.
벌써 화장을 끝내고 새옷을 갈아입고 있다.
그리고 이야기에 열중한다,
어젯밤의 꿈이야기며 무도회 이야기이다.

아직 아침식사 준비가 돼 있지 않아
원정園丁이 오길 기다리나
좀체로 그는 나타나지 않는다.
꽃들은 몹시 시장기를 느끼며
그러나 아침햇살 속에서 웃음보를
터뜨리곤 한다.

II

행복해 보이는 꽃들에게는 슬픈 날이 허다하다.
오늘 아침에도 그의 몇몇 가족들이 꽃장수에게 팔려 서울로 갔다.
원정에게 끌려 꽃시장으로 팔려 노예로서가 아니나
역시 꽃들은 팔려가는 운명을 지니고 있다.
팔려가서 어느 아가씨, 어느 마님, 어느 사무실 사장을 위해야 하는…….

벌거숭이 고독孤獨

아침마다 좁다란 뜰에
따뜻한 햇볕이 든다.
우유가 온다.
조간신문이 온다.
늙은 우편 배달부가 편지를,
잡지를, 책을 문간에 던지고 간다.
이따금 시골에 있는 딸한테서
소포가 오기도 한다.
서울서 못구하는 새마을담배다.
무엇을 욕심내랴
손때 묻은 낡은 책들
낡은 화집들
많지 않은 내 친구들
그리운 친구들
이들과 함께 인생의
이 풍만한 가을을 즐긴다.
아름다움을 찾는 인간에게는
벌거숭이 고독은 영원한 것.
추억을 더듬는 나에게 이
과거로부터 해방되어

태양 소리에도 미소짓는다.
대문 닫고 프리지어 꽃향기
짙은 방안에 앉아
감미로움조차 느끼는
요즈음의 나날.

그리운 이름

이제 봄은 오고 있다는데
이 봄이 가장 추악하지 않을까 두렵다.
때묻은 책들을 뒤적이다 놓았다 하는
나날의 권태로움이여
아직 염통의 피 식지 않아
뜨거운 여울 되어 꽐꽐 흐르는데
욕망을 억누르고 나자빠져야 하나?
두 눈이 무엇인가를 노려보고 있다,
창밖의 어둠 속을 향해서…….
그리운 이름이여 자유여
너 어디에 숨어 새새끼처럼
그 가쁜 숨을 할딱거리고 있느냐.
무엇을 할 수 있으랴. 밤은 더욱 어두워지고
찬바람은 여전히 대지를 휩쓰는데
재갈 들고 덤비는 그 검은손에
쇠고랑 채우지 못하는 것이 안타깝구나.
그리운 이름이여 자유여!

나에게만은

나뭇가지마다 꽃 피는
사월밤의 고요함이여
평화는 왔다, 소리없이 그들 위에.
하건만 아—나에게만은.

내 평화는 그 사람의 가슴에 깃든다.
도무지 내 찾아갈 길 없는
이 저녁 사랑은 모든 이들께 온다.
하건만 아—나에게만은.

기 별

밤중에 나는 누가 부르는 소리를 들었습니다.
멀리멀리 들려오는
번갯불처럼 빠른─.

오오 그것은 내 이름이었습니다, 내 이름이었습니다.

내가 들었던 것은 당신의 목소리였습니다.
당신은 자지 않고 나를 생각해 주시었습니다.
그래 이런 말을 나는 돌려 보내드렸습니다.
"알았습니다", "잘 알았습니다!"

잊어버립시다

잊어버립시다, 꽃이 잊어버리듯이.
한번 금빛으로 타오른 불이 잊어버리듯이―
언제까지나 잊어버립시다.
때는 친절한 친구외다.
언젠가는 우리를 늙게 해줍니다.

만일 누가 물을 양이면
그건 까마득한 옛날에 잊어버렸다고 말해 주시오,
꽃처럼 불처럼 또
남모르는 눈돌 속 어렴풋한 발소리처럼―.

바 람

바람이 내 영혼 위로 붑니다.
나는 밤새도록 그 소리를 듣습니다.
당신과 같이 있는 때 밖에는
이 세상에 안심이란 없는 것일까요?

아ー 바람은 나를 똑똑한 사람으로 만들어주었습니다.
바람은 내 발가숭이 영혼 위로 불었습니다ー.
당신과 같이 있는 때에도
이 세상에 안심이란 없습니다.

그 물

나는 가지가지 노래를 지었습니다.
하건만 그 하나도 당신의 참된 모습을 말할 수 없었습니다.
그것은 말하자면 별을 잡으려
말의 그물을 던지는 것과 같았습니다.

그것은 또 손바닥을 오므려
간절히 조수물을 떠내는 것과도 같습니다.
얻은 것은 모조리
짙은 바닷물빛의 반짝임을 잃었습니다.

시인詩人의 가족家族 Ⅰ

오십을 넘은 여인이 입을 벌리고 자고 있다.
자면서 애처럼 이따금 잠꼬대를 한다.
젊어서는 미인축에도 들었던 그녀가 이제는
돌아가신 모친만큼이나 늙었다.
그 늙은 나이를 끼고 고단히 자고 있다.

그 옆에 초등학교 다니는 막둥이가 자고 있다.
이불을 발로 차던지고, 역시 입을 약간 벌리고 자고 있다.
자면서 이새끼 저새끼하며
학교에서 애들과 놀던 그대로의 잠꼬대를 하고 있다.

이들은 모두 원고지를 먹고 사는 가족이다.
그것을 먹고 겨우 연명을 하고 있는 것이다.
그러니 영양인들 어찌 좋겠는가.
그래도 이들은 살 권리가 있어
오늘도 먹고 그리고 자고 있는 것이다.

시인詩人의 가족家族 II

시인詩人의 집 낡은 기둥시계는 가끔 8시時에 12시時를 친다.
여대생女大生인 그의 장녀長女는
두메산골에서 온 계집애처럼
세탁洗濯을 한다, 수통水桶가에서.
그리고 십구공탄十九孔炭을 집게로 집어들고 돌아다닌다,
안방 아궁지에서 건넌방 아궁지로
건넌방 아궁지에서
사랑방 아궁지로.

남처럼 일류학교에 안다니고
야간중학을 다니는 시인詩人의 차남次男.
책 읽기보다 극장 프로그램 들추길 즐기는
그의 얼굴에 여드름이 나기 시작한다, 홍역마마 하는 환자처럼.
똥통학교라는 농대생農大生 그의 장남長男은
토요일마다 기차를 타고 집에 돌아와 교회만 가서 살고 있다, 하느님의
복리福利를 믿으며.

나의 유언遺言

멀지 않은 장래에
내가 숨을 거두고 눈을 감거들랑
아무도 모르게 넌지시
화장터로 가져다가 태워버려라.
절대로 울지 말라 사랑하는 가족들아
나는 영원으로 돌아갈 뿐이거니
문인장文人葬이니 시비詩碑니를 생각하지 말라
새까만 뼈가 남거들랑
한강이나 황해바다에 가져다 던져라
유고집이니 따위를 마음에 두지 말라
이 세상에
시 한 편 쓰지 못하고
그럴 듯한 산문 한 편 쓰지 못한
너절한 인간이고 보면 무엇을
내 후세에 바라랴
그저 태어났다 그저 훨훨
떠나는 마음만이 기쁘다
잘 있거라 나의 사랑하는 가족들아.

張萬榮 詩人의 人間과 文學

金 璟 麟

　시인 張萬榮을 처음 만난 것은 1947년 어느 가을 어느날이었던 것으로 기억한다. 그 당시 나는 문학활동을 재개하지 않고 있었다. 8·15前 도쿄 東京에서 모더니즘운동단체에 가담했었고, 종합문예지인 ≪문예범론文藝汎論≫ 등에 작품을 발표했었지만, 항상 세계적 동시성 속에서 새로움을 흡수해야 한다는 견지에서 2차대전이라는 폭풍이 휩쓸고 지나간 이후의 세계적인 추세를 관찰하면서 내름대로 모색기期를 가지고 있었던 때였다.

　그때 모더니즘운동을 하자는 제안을 가지고 朴眞煥이 나의 직장으로 찾아왔고, 뒤이어 金洙暎을 알게 되면서 모더니즘 운동을 다시 해보겠다는 심중을 굳히면서 많은 문인들과 만나게 되었다. 金起林, 鄭芝鎔도 그때 만났지만, 내가 평소에 존경했던 만큼 문학적으로 의지할 만한 점을 찾을 수 없었다. 이때에 張萬榮을 알게 되어 문학적이기보다는 인간적 따스함을 교류하면서 더욱 친할 수가 있었다.

　그를 처음 만난 곳은 그 당시 문인들이 칩거하다시피 했던 <모나리자>라는 명동 입구에 있는 다방이었다. 여담이긴 하지만, 그 다방의 마담이 지성미도 있고 키도 훤칠한 미모의 여인이기에 寅煥과 나는 그 다방에 자주 다녔다. "우리 그 다방에 가지!", "그 마담이 꽤 쓸만 하지!" 그렇게 해서 찾아 간 그 다방에 張萬榮이 나와 있었다. 寅煥의 소개로 그와 처음 인사를 나누자, 그는 나를 알고 있었으며, 나의 모더니즘에 대한 집념과 8·15전前 작품을 높이 평가하고 있노라고 했다. 그의 첫 인상은 마치 레슬링 선수와도 같은 거구였지만, 약간 충혈된 눈매에 시인다운 정감이 흐르고 있어서 친근감을 주었다. 자신은 모더니즘을 일찍이 시도해 보았으며, 의식의 면에서 서정의 세계로 돌아오기는 했어도 모더니즘에 대한 관심이 많다고 했고, 그다지 크지는 않아도 '산호장珊瑚莊'이라는 출판사를 회현동에 있는 자기집에 차려놓고 있지만, 출판에 대한 경험도 없고 해서 어려움이 많다는 말도 했었다. 출판에 대해서는 관심도 있고, ≪맥≫ 동인지同人誌가 일인日人들의 한글말살정책에 따라 국내에서 발간되지 못하게 되자, 이를 도쿄東京에서 발간해 보자는 동인들의 의견에 따라 아르바이트 겸 출판사에서 일을 한 적이 있다는 나에게 그는 관심을 표시했고, 나도 그의 순수한 인간성으로 해서 친근감을 느낄 수가 있었다.

그로부터 우리는 자주 만났다. 그 당시 鄭芝鎔이 주소지처럼 나오던 조선호텔 앞 <아카데미> 다방에서, 나의 직장이 끝날 무렵인 오후 5시 이후에 자주 만나 주로 출판이야기를 나누곤 했다. 당시 그는 38선 바로 접경인 배천(白川·지금은 휴전선 이북)에 멜론농장을 가지고 있어 기차로 운송하여 남대문시장에서 판 돈으로 생활도 하고 출판도 했었다. 그때의 멜론은 제법 고가여서 여유가 있어서인지 공직에 있던 나에게 저녁도 사고 차도 많이 샀다. 그래서 나도 아무 보수도 없이 그의 출판일을 도우며 친형제나 다름없이 친숙하게 지냈다.

그런데 그가 출판한 책은 그의 체구에 어울리지 않게 손바닥만 한 문고판이 많았다. 그 후 후세에 남을만한 책을 출판하자는 나의 제안을 받아들여 그 첫 시도로 金起林의 『기상도氣象圖』 재판을 내게 되어 장정을 내가 맡았는데, 당시만 해도 양장제본을 제대로 하는 곳이 없어서 나의 가친이 헌책을 분해해 제본하는 등 고난이 많았지만, 책이 호화판이었던 관계로 문단의 화제가 되었고, 저자인 金起林도 매우 만족해하던 기억이 새롭다.

책이야 팔리건 말건 우리는 보람있게 생각하는 순진한 출판인(?)이기도
했다.

　그 무렵 나는 寅煥과 洙暎, 그리고 불문학자인 梁秉植 등과 더불어 모더
니즘운동을 위한 동인지로서 ≪신시론新詩論≫의 발간에 열을 올리고 있
었는데, 재정난으로 고민하는 것을 보고 張萬榮은 서슴없이 자신의 출판
사에서 내겠다고 나섰다. 그 당시 우리의 주장은, <청록파靑鹿派>의 서정
시는 아름답기는 하지만 구시대의 유물이고, 좌익진영의 이데올로기 문학
에 대해서는 1930년대年代 낡은 사조라는 비판적인 생각을 하면서, 책은
내지만 한 권도 팔리지 않을 것이라고 생각했고, 또한 팔리는 책은 그 시
대에 뒤떨어진 책이라고 했던 우리의 주장을 알면서도 그는 불과 16페이
지의 콤팩트한 동인지였지만 손해를 각오하면서 출판해 주었다. 동인지가
나온 후 이에 대한 반응은 대단하여, 우익진영으로부터의 난해라는 비난
과, 좌익진영의 사상성 결여라는 화살이 날아들었지만, 나는 모더니즘에
대한 확고한 이론무장을 하고 있어서 조금도 이에 개의치 않았고, 그런 나
의 태도에 그는 무척 만족해했었다. 그런 와중에서 그는 새로 등장하는 시
인들에 대한 관심이 대단하여 하루는 趙炳華의 첫 시집을 발간하고 싶다
면서 나에게 편집과 장정을 해달라는 것이었다. 당시의 趙炳華는 새파란
시인이었고, 나는 유명한 사람들의 장정만을 취미로 했던 터였지만, 그가
수학선생이며 럭비선수라는 신선감과 金起林의 권유도 있고 해서 많은 작
품 중에서 골라 편집과 장정을 했었다. 제본은 역시 나의 가친께 부탁하여
예상외로 책이 아름다워서 저자도, 출판한 張萬榮도, 문단의 반응도 대단
했는데, 朴木月 시인은 평생에 그런 시집을 내고 싶다고 말했던 기억이 난
다. 그렇게 해서 나온 趙炳華의 첫 시집이 『버리고 싶은 유산遺産』이었다.
아마도 그 속에 담겨진 시詩들은 하나의 유산으로 남기고 새로운 시詩세계
를 개척한다는 뜻이었던 것으로 기억한다.

　그러나 張萬榮의 출판에 대한 순수한 의지와 정열이 있음에도, 광복 후
의 출판경기는 좋지 못했고, 특히 그의 손바닥만한 문고판은 서점에서 분

실이 잦았다. 또 동화백화점(지금의 신세계) 4층 서점이나 충무로 입구의 다방 <비엔나>도 문을 열어 보았지만, 순조롭지 않았다. 더욱이 예상하지 않은 6·25의 포화로 우리의 국토는 불타고 민족의 가슴에 탄환의 구멍이 뚫렸지만, 그에게는 재정적 근원이던 배천白川온천의 상실에서 오는 정신적·물질적 타격은 무척 컸다. 동란 동안 대구의 뼈저린 고난을 겪고 수복 후 그는 서울신문사의 출판국장으로 있으면서 ≪신천지新天地≫의 편집에 정열을 쏟는 등 문학을 뒷받침하기 위한 그의 출판에 대한 관심은 오래 기억되어야 할 일이라 하겠다.

이제 그의 시詩세계에 대한 언급을 할 단계에 이르렀다고 생각한다. 그는 시집 『양』(1937년)을 비롯하여 『축제』(1939년), 『유년송』(1947년), 『밤의 서정』(1956년), 『저녁종소리』(1957년), 『놀따라 등불따라』(1988년), 『저녁놀 스러지듯이』(1972년) 등 여덟 권의 시집을 남긴 시인이다. 그는 시집을 낼 때마다 잣수를 한 자씩 늘려서 시집 제목을 단 것이 흥미롭다.

그의 시는 자연과 현실경험을 모티브로 한 정적인 인간관을 주축으로 하는 의식세계이며, 스타일 면에 있어서는 모더니즘의 한 유파인 이미지즘적인 요소를 가미한 알기 쉬운 언어로써 형상화한 것이 특색이다.

> 순이, 뒷산에 두견이 노래하는 사월달이면 / 비는 새파아란 잔디를 밟으며 온다. //
> 비는 눈이 수정처럼 맑다 / 비는 하아얀 진주 목걸이를 자랑한다. //
> 비는 수양버들 그늘에서 / 한종일 은색 레이스를 짜고 있다.// 비는 대낮에도 나를 키스한다. / 비는 입술이 함씬 딸기물에 젖었다. // 비는 고요한 노래를 불러 / 벚꽃 향기 풍기는 황혼을 데려온다. // 비는 어디서 자는지를 말하지 않는다. / 순이, 우리가 촛불을 밝히고 마주 앉을 때 // 비는 밤 깊도록 창 밖에서 종알거리다가도 / 이윽고 아침 이면 어디론지 가고 보이지 않는다. /
>
> －「비」 전문

이 시詩는 그의 시詩에서 자주 등장하는 순이와의 생활 속에서 맞이한 비에 대한 감정을 새로운 언어감각과 메타포(metaphor·隱喩)로써 회화적인 이미지의 시詩세계를 구축했음이 주목된다. 요즈음 새롭게 과학비평으로 논의되는 기호학적 견지에서 본다면, 비 / 진주목걸이 / 은빛 레이스 등의 이질적인 코드의 접합작용에서 오는 응화관념의 시詩세계는 특이한 텍스트로서 수정막적 신선한 의사소통의 통로를 개설함으로써 속도감과 상쾌감마저 자아내게 한다.

> 동해 바다 물처럼 / 푸른 / 가을 / 밤 // 포도는 달빛이 스며 곱다 /
> 포도는 달빛을 머금고 익는다 /
>
> ―「달·포도·잎사귀」의 3연

이 시詩에서도 그는 자연에 대한 신비성을 그 나름대로의 미美의식으로 승화하려 하고 있으며, 언어와 언어의 행을 절단함으로써 연상파괴와 시각적인 이미지 효과를 나타냄과 동시에 상징성을 보이고 있음이 또한 주목된다. 이는 20세기를 주름잡는 이미지즘적 스타일의 변모를 엿보이게 하지만, 모더니즘의 의식세계가 주로 도시적 모티브를 주지적主知的 인간관으로 구축하여 온 것과는 달리, 그는 자연에의 귀의로써 얻어지는 감정에 세계에서 인간에의 접근을 시도했다는 점이 다르다 하겠다. 이런 그의 시詩세계는 6·25를 전후한 작품에서 두드러지게 나타나며, 후기작품에 있어서는 고달픈 인간생활의 경험 속에서 인간의 절규와 같은 사념思念의 세계에 함몰해 있음을 본다. 인생의 종말에 있어서 무엇인가 이 세상에 남기고 싶은 절실한 언어가 있었던 것 같이 느껴지는데, 우리는 그의 후기작품인 「길손」의 다음 구절에서 이를 엿볼 수 있다.

> 길손이 말없이 떠나려 하고 있다. / 한 권의 조이스 시집과 / 한 자루
> 의 외국제 노란 연필과 / 때 묻은 몇 권의 노우트와 / 무수한 담배꽁

초와 / 덧없는 마음을 그대로 / 낡은 다락방에 남겨놓고 / 저녁놀 스
러지듯이 / 길손이 말없이 떠나려 하고 있다. /

—「길손」 첫 연

　　그는 1932년부터 1975년까지의 시작詩作생활에서 8권의 시집을 남겼
는데, 웬일인지 『등불따라 놀따라』의 시집만은 활자로 인쇄된 원본만을
남긴채 간행되지 않고 남아 있다. 아마도 체구에 어울리지 않게 섬세했던
그의 성격으로 보아 출판사도 경영했던 그가 시집 출판을 계획하고 인쇄
교정까지 끝낸 단계에서 출판이 뜻대로 되지 않게 되자, 책 장정에도 관심
이 있었던 관계로 이를 깨끗이 가제본까지 해두었던 것으로 추측된다. 그
당시의 사정은 그때 그와 자주 만나지 않았던 나로서는 알 수 없지만, 시
집 타이틀을 연필로써 『놀따라 등불따라』로 정정해 놓은 것을 보아도 그
의 세심한 성격을 볼 수 있다.

　　어느 날 황혼— / 어제와 같이 그 시간에 그녀와 나는 / 언덕 위에 가
축모양 / 말없이 앉아 있었다, / 언제까지나. // 이윽고 그녀와 나는 /
어느새 작은 물고기가 / 돼 있음에 놀랐다. / 몸에는 수없이 많은 / 비
늘이 돋쳐 있었다. / 그리고 조그만 꽁지까지 생겨 / 움직이면 요리
조리 제법 꼬리쳤다. // 그녀와 나의 눈 앞으로 / 놀이 흘렀다. 등불이
흘렀다. / 놀이 등불이 물 위로 흘렀다. / 놀따라 등불따라 / 그녀가
흘렀다. 내가 흘렀다. // 새벽을 찾아가는 것이었다. / 그녀와 나는 /
웃으며 떠들며 꽁지치며 / 흘러가는 것이었다. / 자꾸 흘러가는 것이
었다. // 새벽을 만나면 그녀와 나는 / 그 어느 뭍 / 푸른 보리밭 고랑
으로 찾아 들어가 / 아름다운 한 쌍의 / 종달새가 될 수 있다고 믿으
며 / 흐르는 것이었다. 그녀와 나는 / 놀따라…… / 등불따라……. /

—「놀따라 등불따라」의 전문

　　우리는 이 시詩에서도 보듯이 그의 하반기의 시詩들이 「노을」이라든가

「밤」이라든가 하는 모티브의 시詩가 많은 것이 특징이다. 아마도 그는 인생의 종말이 가까워지면서 자연에 귀의하려는 심의深意의 세계를 「저녁노을」, 「밤」 등으로서 비유하려 했음을 볼 수 있다. 이는 한때 그가 함몰했던 모더니즘의 요소가 강한 감각적인 표현으로부터 자연을 소재로 하는 상징주의적인 심의深意의 세계로 흘러 왔음은 증좌하는 것이다.

이제 그의 유가족과 그를 이해하는 慶雲出版社에 의해 그의 미발표시집이 뒤늦게나마 세상에 나옴에 있어서 그의 시詩세계에 대한 이해가 더욱 깊어졌으면 하는 것이 그와 친근했던 나의 바람이요, 또한 애정이기도 하다.

◇ 詩碑를 세우고

張萬榮 추모시追慕詩

― 1985년 7월 10일 龍仁公園 墓地에서 ―

金 光 均

　詩人 張萬榮이 우리들의 곁을 떠나간 지 10年이 되었습니다. 그동안 萬榮은 그의 생전生前과 다름없이 조용하며 소식消息 한 장 없고, 세상世上 사람들 입에서 그의 노래는 하나하나 사라져가고 있습니다.

　세월歲月이 더 가고 살아남은 친구들마저 흩어지면 이 지상地上 어느 곳에서도 그의 노래는 찾아볼 수 없을 것을 서러이 생각하여 오늘 조용한 시비詩碑 하나를 세웠습니다.

　예순세 해 동안 萬榮은 일곱 권卷의 시집詩集을 내고 일곱 남매男妹를 키우고, 해방되자, 토지土地를 다 잃고, 말년末年엔 심한 고생을 하였습니다.

　萬榮은 제1시집第一詩集 <양羊>을 내고 사십 년四十 年 동안 친구들 사이에서 숨도 안쉬고 양羊과 같이 조용히 살다 갔습니다.

　오늘 이 산상山上에 세운 조그만 시비詩碑에 우리들은 그의 노래를 새기어 연년세세年年歲歲를 뚫고 그의 목소리를 세상世上에 남기고자 합니다.

　봄과 가을이 지나는 동안 꽃이 피고 낙엽落葉이 지는 사이 그의 비석碑石은 비바람에 씻기어 글자는 희미해가더라도 시인詩人의 노래는 사람들의 가슴에 남아 세월歲月이 가도 지워지지 않기를 바라는 마음 간절합니다.

◇ 초애艸涯 張萬榮 선생을 추모追慕하며

맑은 물처럼, 흙처럼

趙 炳 華

외솔회 김종해 시인에게서
현대문학사 김국태 소설가에게서
아침 아홉시경, 전화로 전해 들어온
당신 떠나신 소식
1975년 10월 8일 새벽 2시 30분
이 세상 마지막 눈감으신 시간이라니
지금쯤은
벌써
구름 멀리
우주 어디메
당신이 평소 점찍어 놓으신
개울가 고운 풀밭에 가 계시겠습니다.

한국의 중부中部 서정抒情을
밝은 언어의 결로
황토색 짙게
시를 깎으며 평생을 살아오신
62세

세월은
팔랑개비
시단詩壇을 던져버리고
인간 교제를 던져버리고
평동平洞 골목에 묻혀
알맞게 사시다 알맞은 세월, 알맞게 떠나시는 모습
당신의 어진 시 같습니다.

서로 마음 주던 사람
하나 하나 줄어들고
앙상한 인간의 가을

시도 이젠 가시 돋친 잡초밭이 되어
스산한 풍경
남은 사람만 삭막합니다.

장 선생!
이제 혼자 계시는 길 서서히

아무 거리낌 없이
생전 그대로 평소의 시
장 선생의 시, 다시 뿌리시어
별마다 마르지 않는 빛
하늘 가득히
외로운 사람에게 비추어 주십시오.
그럼
먼저.

◇ 아내의 마음

그분의 작품세계 오래오래 이어졌으면……

朴 榮 奎

어느날 큰애한테서 제 후배인 출판사 사장이 아버님 미발표 유고詩가 있는지, 유고시집을 펴내보았으면 한다는 연락을 받고 고마운 마음에 기쁘게 응하였습니다.

그이가 세상을 떠나고 너무 많은 나만의 마음의 상처랄까, 슬픔을 간직한 채 자연의 순리에 응하여 살아온 나날들이었지만, 어느날 어느 시에 그이 생각을 잊은 적이 없었습니다. 추억 속에 어언 12년이 됩니다.

그이는 아이들한테나 아내인 저에게나 너무도 다정다감하셨습니다.

지금 눈에는 생전의 모습이 생생하게 떠오릅니다. 더 좀 오래오래 사셔서 작품 활동하셨으면 하는 아쉬움만 짙은 채, 쓰시던 일기장을 뒤적여 몇 편의 시를 골라 이렇게 유고시집을 만들게 되니 기쁩니다.

오직 바라는 것은 더욱 그분의 작품세계가 오래오래 이어졌으면 하는 마음뿐이고, 부족한 제가 시인 장만영의 아내임을 가슴 뿌듯이 행복하게 여깁니다.

1988년 5월

張萬榮

第八詩集

『저녁놀 스러지듯이』

1973년

제1부

저녁놀 스러지듯이

저녁놀 스러지듯이 길손이 말없이 떠나려 하고 있다.
—「길손」의 일절一節

봄바람

활짝 열어젖힌 창으로
훈훈한 봄바람이 넘나든다.
봄이 기웃거린다.
누구인가 내 문전에 와서
나를 부른다.
나를 부른다.

봄 햇 살

커다란 유리창 아래서
상냥히 웃으며
주고 받는 대화.
거기에
따뜻한 봄햇살이 든다.
소리 없이 상냥히
상냥히 상냥히.

종 소 리

교회의 종소리가
지붕 위로 퍼진다.
장독 위로 퍼진다.
벽에 걸린 밀레의 그림 위로 퍼진다.
보리밭 위로 퍼지고
농사꾼의 지게와 쇠스랑 위로 퍼진다.
그 소리를 타고 종달새가
어느덧 저 하늘로 겨올라 간다.

작 약芍藥

그 무수한 봄들 중에서
나는 이 봄이 좋다.
내 목숨보다 더 작은 작약
그 뿌리에서
내 시詩보다 더 예쁜 자주빛 싹들
그것들이 일제히 흙을 헤치고
겨나와 방긋거린다.
그 뒤로 태양이 보석을 뿌린다.

봄 하 늘

오랜만에 머리수건 쓰고
오랜만에 행주치마 두르고
아내가 꽃씨를 뿌린다.
오직 하나의 이 아침
하나의 나의 꿈
하나의 골통대
나와 더불어 더듬는다,
수천년의 봄하늘.

몇 그루의 나무

오늘
산에 올라
몇 그루의 나무를 심는 것은
내나름대로 먼 내일을
생각하는 마음에서이다.
그렇기에 슬펐던 일
괴롭던 일
분하던 일이랑을
잊어버리고 이렇게 한종일
나무를 심어나가고 있다.
산새들의 보금자리는커녕
한 나그네의 그늘 구실도 못했던
너절했던 나의 반생.
요 몇 그루 안되는 나무를
심고 가꾸어서
인간으로서 못다한
염원의 한 조각이나마
그런대로
풀어보려 하는 나를
가련하게 여기시옵니까,

아버지여
어머니여

꽃 들

이리 와서 보아라
저 꽃들을 보아라
가난과 인내와 눈물 속에서
방울져 피어난 꽃들이다.
뜰에 넘치는 눈부신 새벽
새벽은 삶이다, 그리고 나는
누구보다 삶을 사랑한다.

이리 와서 보아라
저 눈동자들을 보아라
두 볼 사랑에 붉히면서
믿고 사는 어진 눈동자들이다.
잘난체 지껄이며 싸다니는 노예들
노예들은 치욕이다, 오늘 나는
달 보고 짖는 개들을 미워한다.

이리 와서 보아라
저 보석들을 보아라
담 위에 목걸이 모양 걸린
티 없는 아름다운 보석들이다.

어딜 가도 괴로운 세상
세상은 털털이다, 못난 나는
누더기 걸치고 빛을 고친다.

이리 와서 보아라
저 별들을 보아라
단 하나의 푸른 계절을 위해서
자기마저 불사르는 별들이다.
욕망 없는 벌거숭이 고독
고독은 깃발이다. 내일 나는
또 꿈 따러 간다, 먼 가라므*로.

* 가라므—아프리카의 어느 토인촌 이름.

마담·보바리

여기는 류우르강 가의
용-비룽·라베라.
이 마을 사는 마담·보바리는
봄이 되자
자꾸 여위어만 간다.

맑다란 햇볕
햇볕 속으로 나비가
나비가 한 마리
날아와 앉는다, 마담·보바리의
머리 위에.
장미 울타리 너머로
들려오는 피아노 소리.
이때 마담·보바리는
눈을 감는다, 현기증이라도 나는 듯…….

오오 보비에사르의
정 깊던 밤이여
쌍두마차여
무도회여

왈츠여

두 방울의 눈물과 같은
맑은 눈을 마담 · 보바리는
이윽고 깜박거린다,
꿈에서 깨어난 것처럼.

어느덧 어디론지
나비는 날아가 버리고…….

금산사金山寺 가는 길

밤하늘에 초승달 비끼고
숲 속에서는 어린 소쩍새가
홀로 울어예고 있었다.

여기 저기에
반딧불이처럼 반짝이는 암자의 불빛.

무너진 무지개문
지나서자 저만치서
들려오는 냇물소리.
깨끗지 못한 몸이기에
손 씻고 낯 씻고 발 씻고
가고 싶은 냇물소리.

오솔길 더듬더듬
숲 속으로 겨올라 가면
이윽고 앞을 막는 듯
높다란 절문이
불쑥 나타났다.
여기가 나그네들의

고향 금산사.

호젓한 경내로 발걸음을 옮기면
조용한 목탁 소리. 염불 소리.
염불 소리.
목탁 소리.

그윽히 풍기는
솔내음. 솔내음은 아득한
백제 때의 것.

내음에 젖어 귀 기울일 때는
귀하신 어른의 기침소리
목소리마저 들리는 듯 싶었다,
캄캄한 어둠 속에서…….

김 포 들

흙 냄새만이 물씬 풍기는
김포들을 간다.
모자도 없이 보따리도 없이
빈 손으로
빈 손 휘저으며 간다.
시집 가서 다섯 해
아들 낳고 또 아들 낳았다는데
오늘에사 딸 보러 간다.

구름 잠긴 저 물논에
물풀 살아나 있듯이
이 너른 벌
그 어느 조그만 마을에
내 딸은 사는가. 살고 있는가.
길 가는 아낙네여
길 좀 물읍시다.
가현리가 어디쯤이요,
대곶면 가현리가…….

어버이의 뫼를 찾아

읍내를 벗어나면 논길이 있다.
논에는 허수아비들이
시무룩하니 선 채 놀에 타고 있었다.

놀길을 나오면 오솔길이었다.
오솔길이
콩밭 파밭 참깨밭 사이로
뻗어 올라가고 있었다.

강물 속으로 흐르는
냇물소리가 귀에 몹시 차가웠다.

실개천을 건너 뛰었다. 콩밭고랑이었다.
콩밭고랑은 비탈져 있었다.
비탈길을 다시 거올라 갔다.
소나무 도토리나무 한 그루 없는
보잘나위 없는 언덕
그 언덕 위에
잡초 우거진 뫼 둘이 있었다.

상석은커녕 묘비도
묘갈마저도 없는 쓸쓸한
이것이 아버님 · 어머님 산소였다.

밤이 다가오고 있었다.
담배 두 가치를 묘 앞에 피워놓았다.
그리고는 죄인 모양
호호백발 흰 머리를 조아렸다.

가신 지 어언 이십 년이 된다.
그러나 갈바람 소슬한 속
어버이 그리는
정은 더욱 애절하기만 하다.

갈 대 꽃

온 산이 갈대꽃 투성이다.
하얀 갈대꽃 투성이다.

산 위로 오르고 또 올라도
갈대꽃 투성이다.
할아버지의 할아버지
할머니의 할머니 같은 가냘픈
모습이다. 몸매이다.

손짓을 한다.
갈대꽃들이 손짓을 한다.
갈대꽃들이 몸부림친다.
몸부림친다, 갈대꽃들이.

아득한 옛날
뱃길 만리 여기까지 와서
죄없이 귀양살다 죽은 넋들
갈대꽃으로 이 섬에 피어났는가.

갈대꽃으로 피어나

막막한 바다 저쪽 뭍을 바라보며
애타게 누구인가를 저리 부르는가.
아니면
가슴에 맺힌 천추의 원한
죽어서도 풀 길 없어
저리 몸부림치는가.

아아
온 산이 갈대꽃 투성이다.
하얀 갈대꽃 투성이다.
바닷바람 소리
넘실거리는 파도 소리 속에서
몸을 떠는 저 갈대꽃들.

피어났다 지고
졌다가 다시 피어나리라.
천년 만년 억년이 가도
하얗게 피어났다 지리라.
졌다가 다시 하얗게
피어나리라. 피어나리라.

아내의 옛집

내가 아가씨네 집 문전에서
이렇게 오래 무례하게
집안을 들여다 본다고 나무램 마오.
실은 말이오, 아가씨
아가씨가 지금 살고 있는 이 집에서
내 아내가 태어났고 또 자라났다오.

사십년전 일이오, 아가씨
그때 내 아내는
꼭 아가씨만한 나이의 처녀였소.
나는 그녀를 아내 삼으려
황해도 두메에서
기차로 꼬박 이틀 걸려
이곳 먼 전라도까지 왔었소.
너른 만경벌에 갈가마귀떼 울부짖고
후원 감나무에 감이 벌겋게 익는
늦가을 어느 날이었소.
지금 아가씨가 서 있는
바로 그 앞마당에 꾸며놓은
초례청으로 나아가

연지 찍고 곤지 찍고
머리에 족두리 얹은 열일곱
아직 어린 나이의 아내와
사모관대 차림의 나는
백년해로를 하늘에 맹세했었소.

아가씨 뒤의 조그만 한칸방
그 방이 우리의 신방이었다오.
아가씨, 그렇게 이상한 눈초리로
나를 내다보지 마오.
아가씨
실은 말이오, 위와 같은
까닭이 있어 호호백발의
한갓 과객인 내가
실례인 줄 뻔히 알면서도 이렇게
아까부터 아가씨네 집
문전에서 실은 말이오,
발길을 못 돌리고
서성거리고 있는 거라오.

여 인 도 女人圖

그녀는 그 검은 머리를 쪽지어 올리고 은비녀를 즐겨 꽂았다. 무명 저고리 무명 치마, 무명 버선, 흰 빛깔의 무명옷 차림새가 어울리던 여인.

깊은 밤—

그녀는 잠든 내 곁으로 다가와 나를 곧잘 지켜보곤 했다, 바느질감을 그대로 손에 든 채……. 그것을 나는 자면서도 느낄 수 있었다.

때때로 그녀는 내 한 손을 그녀의 손으로 가져다 쥐었다. 그러면 나는 더욱 깊이 잠든 체했다.

그럴 때마다 가슴 속으로 홍건히 스며드는 것이 있었다. 그러나 그 무렵 밤은 내 마음 위에 너무도 무거웠다.

산으로 들로 달리는 바람 소리 그 소리 속에서 여덟나이 아직 어린 가냘픈 영혼은 잠든 체하고 한 여인의 고독을 울고 있었다…….

낡은 경대鏡臺 I

낡은 경대가 하나
잊힌 듯 빈 방 한 구석에
놓여 있다.

먼지 털고 입김 불어
닦고 또 닦으면 경대는
놀랍게 환한 빛을 낸다.

긴 세월과 남모르는
서러운 사연들이
기름때 되어 까맣게
나무틀 속속들이 배어 있을 것 같아
작은 짐승처럼 나는
따뜻한 체온마저 느껴진다.

뺨을 가져가면
차갑기에 앞서 그윽히
풍기는 동백기름내,
그 내음 맡으며
유리알 속 옛 하늘 아래서

나는 오랑캐꽃 닮은 아름다운
한 여인과 만나곤 한다.

낡은 경대鏡臺 Ⅱ

요 낡은 경대만은
보았으리라, 그녀의 흐느껴 우는
애처러운 모습을…….

어두운 등잔 밑에서
밤이 깊도록
헌 버선짝 깁던 그 외로운
모습을 보았으리라.

우수수 지는 나뭇잎새 소리
밤하늘로 날아가는
철새 소리 들으며
타관 나간 지아비에게 쓰는
얼룩진 그 긴
편지를 보았으리라.

기쁜 날보다
슬픈 날이 더 많았을
그녀의 한 평생, 그 짧은 인생을

요 경대만은 지켜 보았으리라.
오오 잊힌 듯 놓여 있는
낡은 경대여!

낡은 경대鏡臺 III

마음 외로울 때마다
수건으로 경대를 닦는다.
닦고는 시간 가는 줄 모르고
그 속을 들여다 본다.

기름때에 절은 이 경대는
내 어머님이 쓰시던 것,
닦아서 환해진
거울 속에서나마 나는
영원한 한 여인과
대화를 나누곤 한다.

돌아가신 지 오래 되지만
거울 속에서 만나뵈올 수 있기에
바보처럼 늙어서까지 나는
이 슬픈 작업을
되풀이하는 것이다.

황진이黃眞伊

파초선 녹촛대 위
황촛불 휘황한 밤
속옷 고름 풀어 헤치고 진이는
두 손으로 붕긋한
제 가슴을 붙안아 본다.
마냥 울렁거리고 있는
가슴은 불꽃, 불꽃이
이제 바람을 부르고 있다.

그렇건만
이 너르나 너른 송도 장안에
정 주고 싶은 사나이
하나 없다, 진이에게는.
밤하늘을 홀로 날아가는
새를 보는 듯
진이는 쓸쓸하다. 슬프다.
쌍꺼풀이 풀리도록
진이는 가늘게 눈매를
내리뜬다.

거문고를 끌어당긴다.
끌어당겨 줄을 고른다.
둥 당등 쓸기둥
동징 징, 쓸 쓸 쓸기둥
아랫입술 지긋이 물었다 놓았다 하며
거문고 줄을 고른다.
줄이 얼른 맞지 않는다.

황촛불만 휘황히 타고 있는
동지 섣달 기나 긴 밤
진이는 마침내
술대를 멈추고 얼굴을
스란치마로 감싼다.
그리고는 어미 보고 싶어 하는
어린애처럼 운다.
운다. 운다.

눈보라 꽃보라

아아 눈보라 꽃보라
이건 어찌 된 흥겨운 잔치인가.
눈보라 꽃보라
오늘 이 거리에는
동화 속 왕자라도 오는가.

겨울의 잿빛 하늘을
온통 뒤덮고 흩날리는
눈보라 꽃보라
어느 임께서 보내신 선물이기에
이처럼 보드럽고 싱그러운가.

그칠 줄 모르는
눈보라 꽃보라
송이끼리 서로 부르며 찾는
떠들썩한 저 소리가
어린애처럼 나를
마구 기쁘게 한다. 즐겁게 한다.

영원한 곳으로부터의
아름다운 눈보라 꽃보라
그것은 춤추며 도는 우리의
풍요한 낱말들.
그 낱말들이 여기에 내려,
내려 쌓여서 한 편의
시詩가 되어 눈부시게 반짝인다.

빗바람 속에서

빗바람 속에서
지루한 장마 속에서

칠흑 같은 밤의 어둠 속에서
그 깊이 속에서

갖은 핍박 속에서
굴욕 속에서

남모르는 어려움 속에서
깊은 고독 속에서

때로는 분노에 몸을 떨며
때로는 몸부림치며

조그만 긍지와 순수
그것만은 등불이라 밝히며

절망한 사람에게 희망을
믿음을 안겨다 주는 나무

그 슬기로운 나무를
아무도 상처 입히지 말고

우리의 오직 하나의 꿈
민주주의 꽃이 피게 하라.

그리운, 그리운 내 고향이여

그리운, 그리운
이탈리아여 내 고향이여
임종의 마지막 순간에까지 이렇게
고향 그리던 모딜리아니.
그러나 어찌 이 화가 한 사람뿐이랴,
고향 그리는 마음을
안은 채 떠나가버린
나그네가.

그 외로운 많은 넋들을 위로해줄
진혼제 진혼가마저 없는가.
길은 이슬에 젖어
남과 북으로 줄줄이 나 있어도
나 있어도 이 너른 천지에
고향길은 아무 데도 없어 오늘도
넋들 허공 높이 떠
애처로이 헤매다니고 있다.
그리운, 그리운
내 고향이여

봄비 소리

여신의 꼬마병정들이
발맞추어 대열 짓고
조용히 지나간다.
노래 부르며
은실 뿌리며 지나간다.

마음아
낡은 황혼아 그만 울어라.
모든 것은 사라졌다.
꿈도 끝났다.

두고 온 네 고향
거기 남산기슭에
이 봄에도 진달래꽃들
활짝 피어나 있으리라
생각하는 것은 어리석다.

여기 앉아
저 진주알 같은, 보석 같은
꼬마병정들의 조용한

대열이나 바라보자.
노래나 듣자.

어릴적 꿈과 추억을
사뿐히 밟고 지나가는
보드라운 발소리
아아 봄비 소리.

길 손

길손이 말없이 떠나려 하고 있다.
한 권의 조이스 시집과
한 자루의 외국제 노란 연필과
때 묻힌 몇 권의 노우트와
무수한 담배꽁초와
덧없는 마음을 그대로
낡은 다락방에 남겨 놓고
저녁놀 스러지듯이
길손이 말없이 떠나려 하고 있다.

날마다 떼져 날아와 우는
검은 새들의 시끄러운
지저귐 속에서
슬픈 세월 속에서
아름다운 장미의 시
한 편 쓰지 못한 채
그리운 벗들에게 문안 편지
한 장도 내지 못한 채
벽에 걸린 밀레의
풍경화만 바라보며 지내던
길손이 이제 떠나려 하고 있다.

산등 너머로 사라진
머리처네 쓴 그 아낙네처럼
떠나가서 영영 돌아오지 않을
영겁의 외로운 길손.
붙들 수조차 없는 길손과의
석별을 서러워 마라.

닦아놓은
회상의 은촛대에
오색 촛불 가지런히
꽃처럼 밝히고
아무 말 아무 생각 하지 말고
차가운 밤하늘로 퍼지는
먼 산사의 제야의 종소리 들으며
하룻밤을 뜬 채 새우자.

The Wayfarer

The wayfarer is about to leave without a word.

One book of Joyce's poems,

A yellow pencil, foreign-made,

Several notebooks, well-stained,

Countless cigarette ends, and

An evanescent heart, still

Being left behind at the old and shabby attic,

As the sunset fades away

The wayfarer is about to leave without a word.

Even the blackbirds noisily chirped,

Flying into and tweeting together day after day,

One poem about the beautiful rose

He wrote not,

Even one greeting letter to friends, longing for,

He mailed not.

He's been staying and only watching

Millet's landscape painting, hanging on the wall.

The wayfarer is now about to leave.

As a lady disappeared beyond the hill,
Wearing a head-covered muffler,
The eternally lonely wayfarer would
Never return after his leaving.
Do not be sorrowful at this parting
from the wayfarer
Whom you never could hold back.

In well-wiped
Silver candlesticks of reminiscence
There are five colors of candle neatly.
Light them like flowers.
Do not say a word nor think.
Listening to a night-watch bell,
Ringing from a temple in a distant mountain
And spreading up away in a cold night sky,
Let's stay up all night long.

* Translated into English by Won, Young Hee
(SungKyunKwan University)
번역: 원영희(시인)

풀 잎

밤새껏 이슬을 맞으면서
밤하늘의 아득한 별들을 처다보면서
풀잎은 생각에 잠기곤 한다.

봄이 왔다 그대로 가도
다시 여름이 찾아들어도
한 송이의 꽃마저 피어볼 마음을
갖지 않는 억센 풀잎이여

그러나 풀잎의
뿌리는 길고 깊다.
뿌리를 땅 속으로 뻗어나가며
풀잎은 제나름의 위치를 차지한다.

이슬을 맞으면서
별들을 처다보면서
있다 보면 가을이 접어들고
풀잎은 그대로 시들기 마련이다.

그러나 아주 시든것이 아니다.
겉으로 시들었을 뿐, 풀잎의
뿌리는 한없이
넓고 깊다.

제2부

등불따라 놀따라抄

포플러 나무

하늘 끝까지 닿은 듯 우뚝 솟은 우물 가 포플러 나무를 부둥켜 안고 소년은 애걸복걸하였다, 한 번만이라도 좋으니 안아 올려 달라고. 하건만 포플러 나무는 소년의 소원은 들은 체 만 체 서 혼사 웃음짓고 있었다.

소년 소묘素描

소년은 그가 엄마보다 먼저 죽었으면 하였다. 그러면 그의 죽음을 슬퍼할 한 사람의 여인이 있겠기 때문에―. 하건만 그의 엄마는 그를 남겨 놓고 훌쩍 저 세상으로 떠나가고 말았다.

소년의 마음에 큼직한 구멍이 뚫린 것은 바로 이때이다. 지금도 이 구멍으로 바람처럼 그의 엄마가 드나들고 있다. 쿨룩쿨룩 기침을 하며……생시와 꼭같이.

산 골

뻐꾹새가 울고 있다. 어린 뻐꾹새가 울고 있다. 엄마 없는 뻐꾹새가 엄마를 찾아 울고 있다.

아낙네가 울고 있다. 젊은 아낙네가 울고 있다. 아가 잃은 아낙네가 아가를 찾아 울고 있다.

엄마 없는 뻐꾹새와
아가 잃은 아낙네가 울며 불며
의좋게 살고 있는
이 산골엔
낮이면 영 넘어
구름이 왔다 갈 뿐.
저녁엔 잠깐 잠깐 초생달이
다녀갈 뿐.

진주알 같은 무리알 같은

길에서
마당에서
뒷골목에서
동네 애들이 고 조그만 손으로
마구 움켜 먹는
움켜 먹으며 좋아서 떠들썩거리는
저 진주알 같은 무리알.
아아 진주알 같은 무리알 같은
그런 시를 쓸 수는 없을까?

방에서
부엌에서
뒤란뜰에서
젊은 아낙네들이 뛰어나와
한 알 두 알 치마폭에 그녀들의
어릴 적 꿈을 주워 담으며 웃어대는
저 진주알 같은 무리알.
아아 진주알 같은 무리알 같은
시를 한 편만이라도 쓸 수는 없을까?

본 · 스트리트Bond Street

본 · 스트리트는 바닷가 조그만 고장.
낯선 이방인들이 가끔 드나다니는 거리.

상점 유리창이며 간판들이
온통 바닷빛인데
여기 Bond Street를 파는 담뱃가게에서
나는 바닷빛 눈의 한 소녀를 만났다.

바닷빛 눈의 소녀는
바다 빛깔의 표지를 씌운
시집을 들고 있었다.

그것은 발레리의
『바닷가 무덤』이었다.

저녁 바람은 바닷소리 속에서
마지막 나의 여행을 재촉하는데
등에 놀이 지고
돌아 나오는 내 가슴 속엔
바닷빛보다 짙푸른

노스텔지어가 서리었다,
꽃도 낙화지는 본 · 스트리트의
하늘 아래서.

등불따라 놀따라

어느 날
황혼―어제와 같이
그 시간에 그녀와 나는
언덕 위에 가축모양 말없이
앉아 있었다, 언제까지나.

이윽고 나는 그녀와
어느새 작은 물고기가
돼 있음에 놀랐다.
몸에는 수없이 많은 비늘이
돋쳐 있었다. 그리고
조그만 꽁지까지 나서
제법 꼬리쳤다.

그녀와 나의 눈 앞으로
등불이 흘렀다. 놀이 흘렀다.
등불이, 놀이 물 위로 흘렀다.
등불따라 놀따라
내가 흘렀다.
그녀가 흘렀다.

우리는 새벽을
찾아가는 것이었다.
웃으며 떠들며 꼬리치며
흘러가는 것이었다. 아래로 아래로
먼 곳으로 흘러가는 것이었다.

새벽을 만나면
나와 그녀는 그 어느 물
푸른 보리밭 고랑으로 찾아 들어가
아름다운 한쌍의 종달새가
될 수 있다고 믿으며
흐르는 것이었다. 그녀와 나는
등불따라…… 놀따라…….

길

<유　년幼年>
호무라도 꺽적거리며 걸어가고 싶은
길 저쪽으로
파아란 하늘이 비잉빙 돌고
소달구지 하나 지나가지 않는
쓸쓸한 풍경 속엔
하이얀 갈꽃
한들바람에 파르르 떨고 있었다.

<소　년少年>
바닷속 진주로만 보이는
도글도글 예쁘다란 조약돌이
흐르는 냇물 밑바닥에
그득 깔려 있었다.
고의를 정갱이까지 걷어 올린 채
중머리 땅에 떨어뜨리고
소년은 잠시 난처한 표정을 짓는다.
철떡철떡 끌고 온
짚신짝의 처리 때문에.

<청 년靑年>
뒤돌아보면 강만큼이나 크고 넓었다.
이끌어 주는 이 없는대로
철벅철벅 철벅거리며
그러나 용하게 건넜다, 혼자서.

그것은 덥지도 춥지도 않은
산비둘기 소리 산에
한가로운 날이었다.

게蟹

― 나의 초상肖像 ―

I

이놈은
몸집이 커 둥글박거리기만 한다.
이놈은
모로 기면서 바로 걷는다고 생각한다.

II

이놈은 배고동 소리만 들어도
몸을 오므라뜨린다.
이놈은 조금만 분해도
입으로 거품을 내뿜는다.

III

이놈은 구멍 속에
틀어박혀 나오길 싫어한다.
이놈은 달을 좋아하면서
실은 무서워한다.

IV
이놈은
가끔 외롭다고 집게질을 한다.
이놈은
가끔 바보처럼 운다.

네모진 창가에 앉아

네모진 창가에 앉아
낙하의 포옴을 갖추는 먼 인왕산
마루턱 햇덩이를 바라보며
나는 <몽마르트르의 일몰>을
반 · 고흐를 생각한다.
황량한 들판으로 달려가
피스톨 한 손에 쥐고
서른 여덟 서러운 생애에
그가 종지부를 찍던 것도
이런 석양이었으리라.

헤이그에서 런던으로,
런던에서
파리로

숲에서 숲으로,
늪에서 늪으로
지쳐 자빠지도록 오직
빛과 태양을 찾아
헤매던 그의 우수와 적막과 비애와

분노를 나는 느낀다.

<센트 · 마리 해안>으로
<해안의 초가>로
<참나무 서 있는 고원 지대>로
<창포 핀 알르 풍경>속으로
<르느 강변>으로

불쌍한 매음녀 진네 집으로
돌아다니며 아아
눈을, 뇌를 질질 태우던,
태우며 해바라기를 그리던
나는 미치광이 화가 반 · 고흐를
생각한다, 네모진 창가에 앉아.

그는 처세할 줄 모르는 위인이었다. 타협할 줄 모르는 위인이었다.
남을 속일 줄 모르는 위인이었다.

그가 쓰러지던 날, 그의 두해頭骸에서는 새빨간 선지피가 콸콸 용솟음쳐 흘러 나오고, 그 핏줄기 속으로부터는 한 마리의 시꺼먼 까마귀가 뛰어 나와 아득한 하늘로 겨올라갔다, 처량한 울음을 보리밭 고랑에 뿌리며…….

어느덧 허허벌판에 어둠이 깃들기 시작했고 바람마저 일었다. 영혼 없는 그의 시체 둘레에는 때 아닌 해바라기가…… 그가 사랑하던 해바라기가 억없이 피어났다.

···

네모진 창가에 앉아
놀 비낀 서쪽 하늘을 바라보며
<몽마르트르의 일몰>을, 반 · 고흐를,
그의 고국 네덜란드를 생각한다.

깊은 밤 촛불 아래

불행을 위해 태어났던 고뇌의 인간이여
짐승처럼 울며 살다 간
사나이여
굶주림에 떨던 벗이여
거지의 손자여
갖바치의 아들이여
쌍둥이 짝이여
구청 말단 직원이여

그는 한때 조화를 만드는 여직공 마리아를 사랑했었습니다. 마리아는
꽃만드는 소녀여서 꽃처럼 아름다웠습니다만, 파리의 소녀여서 파리의 다
른 소녀들처럼 썩은 마음 밖에 갖고 있지 못하였습니다.

공원 속에는 풀라타너스가 네 그루 있었습니다. 그 나무 그늘에서 그와
마리아는 파리의 밤을, 파리의 센강을, 그 강물에 비친 파리의 불빛을, 파
리의 하늘을, 파리의 밤공기를 즐거이 얘기한 일도 있었습니다. 하건만 파
리의 소녀 마리아는 드디어 매음굴로 들어 가고야 말았습니다. 파리의 딴
소녀들이 그렇듯 비단옷으로 갈아입고…….

서로 손 잡고 남자와 나란히 걸어가는 여자만 보아도 그는 가슴에 단도
라도 맞은 듯 신음하였습니다. 여자란 값진 보석, 만져 볼 수 없는 왕관, 그
저 먼 발치로 바라보는 것이라고만 생각하였습니다.

나를 사랑해줄 여자는 한 사람도 없을 거라고 탄식하며 끝내 그는 장가
를 못 들고 서른넷의 젊은 나이로 죽었습니다. 그처럼 안타까이 여자 하
나, 자식 하나를 가지고 싶어 하였습니다만…….

　눈물 속에서 위안을 받고
　가난에서 오히려 신을 찾아낸
　몸집 작은, 그러나 위대한
　소설가 샬르·루이·필립이여
　오오 나의 벗이여
　찬바람만 오가는 깊은 이 밤엔
　내 책상머리 촛불도 추위에 떠오.

　『뷔뷰·드·몽빠르나스』
　고 조그만 문고본을
　손에 들고 읽노라면
　머지 않아 눈도 내려
　우리집 지붕에 쌓일 것 같고
　하얗게 쌓인 저 눈길을 터벅터벅
　나를 찾아 베르드리 할아버지가
　오실 것만 같으오.

새 벽 녘

자정 넘어 홀로 커피를 끓인다.
쓸쓸한 액체, 나는
이걸 마시며 발자크를 생각한다.
밤마다 그는
막걸리 마시듯 커피를 들이켜며
<인간희극> 그 밖의 걸작을
써냈다고 한다.
몇 시쯤이나 되었을까?
벌써 여러 잔째의 커피를 들며
내가 발자크의 생애와 예술을
생각하고 있을 때
바로 등 뒤에서 인기척이 났다.
고개를 돌렸다.
다음 순간 나는 소스라쳤다.
거기 발자크가 서 있지 않은가!
그는 시무룩한 얼굴로
힐끗 책상 위의 지저분한 원고를 본다.
나는 얼결에 손으로 원고를 덮었다.
그는 내게로 시선을 모으고
껄껄한 목소리로 내뱉듯이 말했다.

"이건 글이 아냐. 시는 더욱 아니고······."
그는 커피포트로 손을 가져갔다.
그리고 커피를 찻잔 가득 따라
입에 대며 말을 이었다.
"얼마 된다고 이 짓이지.
차라리 나처럼 빚을 얻어 쓰게!
안그래, 이 사람아?"
그의 앞에서
나는 영 말이 나오지 않았다.
입안이 쓰디쓸 뿐이었다.
그는 빈 잔을 탁자 위에 놓고
아무 말 없이 문 밖으로 사라졌다.
새벽녘이었다. 밖에서는
함박눈이 내리고 있었다.

張 萬 榮

마지막 詩集

『창작 노트에 담긴 시詩들』

제1부

창작 노트에 담긴 시詩들

세대世代와 세대世代와의 교체交替

데모의 줄기찬 부르짖음이
내 머리를 뚫고 지나갔다.

데모의 굳센 구둣발 소리가
내 앙가슴을 마구 짓밟으며 지나갔다.

바깥으로 뛰어나갔다.
울컥 염통이 치밀어 올라오는 것 같았다.

거리로 줄달음질쳐 가 보았다.
자꾸 치밀어 올라오는 염통을 콱 입으로 토하고 싶었다.

앗! 이때였다, 데모가 뛰기 시작한 것은!
앗! 이때였다, 탕탕 총소리가 앞에서 들린 것은!
총소리가 들리자
데모는 달렸다, 성난 사자떼처럼 달렸다,
서로 앞을 다투며!

총탄에 맞아 쓰러지며 피를 흘리며
서로 서로 일으켜 안으며 소리치며

오직 한 지점만을 노리고
빗발치듯 날아오는 총알 속을
오직 한 가지 목적을 쟁취하고자
피투성이가 되어 뛰었다.

무서운 해일 그것이었다.
무서움에 나는 발이 떨어지질 않았다.
울음조차 터뜨릴 수가 없다.

간신히 가로수를 꽉 붙들었을 때
빙빙 하늘과 땅이 커다랗게 도는 것 같았다.
바로 그 순간! 나의 귀엔 뚜렷이
세대와 세대와의 교체하는 우렁찬 음향이 울리었다.

모래벌에서

― 서정소곡抒情小曲 ―

여기 나란히 앉읍시다.
파라솔 그늘 여기 숨읍시다.
햇덩어리가 저렇게 새빨갛고 보면
정염 밖엔 피어 오르는 게 없군요.

말할 듯 할 듯 못하는 그대의
그리고 나의 염체 없는 이야기를
쏟아놓고 돌아갑시다, 결심코 오늘은
여기 메마른 모래벌에다.

노래처럼 침묵만 부르지 마시고
이리로 좀더 가까이 다가 앉으시오.
걸디 걸면서도 달콤한
잼 같은 마약 같은 그런 것도 가지고 계시지요.

강바람에 토스트 굽는 냄새가 풍깁니다.
샛별같이 총명한 그 눈을 뜨시고
차라리 태워버립시다, 머릿속 궁궐일랑은.
나는 더 참을 수가 없습니다, 이 시장기 같은 헛헛한 기분을.

연 가戀歌

A

먼지 낀 채 내버려 둔
유리창 같은 마음이었습니다.

이제 그대 나타나
그 손으로 닦아 주시니
다시 반짝이기 시작합니다.
보셔요, 얼마나 환합니까?

B

그대를 만나면
폭풍이 휘몰아 와
나를 덮칠 때같이 떨려요.

번개질하는 속에
기쁨의 눈물비도 쏟아지고…….

7월이 좋아

새파란 바람에 풀내음이
찝질한 바다 내음이, 미역 내음이
푹 코를 찌르는 요즈음―

오늘은 거기다 일요일
멀리 종소리 들리는
학두루미 아침부터
하늘에 동그라미를 그리며 놀고
오리새끼란 놈은
나무 그늘 아래 나와 편지를 쓴다.

뭣인가 철철 마냥 넘쳐 흐르는
깊은 샘이여 부푼 가슴이여
왜 웃는다더냐 나도 모르겠다.
스스로 여무는 씨앗이
터질 듯 터질 듯 하는 걸 느낄 뿐.

구두나 닦자, 그건 닦아 무엇해?
차라리 맨발이 좋아, 맨발이.
깎아머리가 좋아, 깎아머리가 좋아.

태양마저 미역감으러
호수에 내려와 텀벙거리는 이 계절-

나는 냇가가 좋아.
나는 바다가 좋아.
나는 들이 좋아,
숲이 좋아. 칠월이 좋아. 칠월이.

미래未來로 냇물처럼

장마철은 이미 지났습니다
그러나 더위는 아직 가시지 않았습니다

둥근달이 내려다 보는 속으로
밤마다 마을 아가씨들이 냇물로 나갑니다

옷을 훨훨 벗어 던집니다
그러면 보동보동한 알몸이 드러납니다

소리치며 흐르는 물소리 웃음 소리
이때 아가씨들은 부끄럼 모르는 천사가 됩니다

천사들이 장난칩니다, 물속에서
천사들이 노래부릅니다, 냇가에서

냇가에는 핑크빛 꿈과 사랑이 있을 뿐
보는 이가 아무도 없습니다

자꾸 밤이 깊어갑니다, 냇물 따라
꿈과 사랑이 줄달음칩니다

어디로?
미래로 냇물처럼

봄이 오는 아침에

바람이 어젯밤 서재 창문 밖에서 흐느끼더니 엊그제가 경칩이라 봄이 여왕모양 수레를 타고 저기 저 언덕 길을 넘어오고 있다.

떠나가는 계절을 바라주고 오는 새 계절을 맞이하기 위하여 이 아침 나는 침묵의 무거운 문을 열어제낀다.

밖으로 얼굴을 내민다.

눈을 크게 뜬다.

오랜 세월을 두고 사귄 그리운 사람의 따뜻한 손끝이 주름살 잡힌 내 이마를 어루만진다.

여윈 두 뺨을,

눈 언저리를 어루만진다.

반가운 사람을 맞기에 내 손이 너무 희고 너무 차다마는 마음속 깊은 골짜기엔 오늘을, 그리고 내일을 겁내지 않는 용기가 있다. 기쁨이 있다.

물살 일 듯하는 목소리로 노래부르던

그 소년도 이윽고 나오리라, 저 푸른 동산에.

그때 나는 따뜻한 봄볕 속에서, 때로는 달빛 속에서, 별빛 속에서 나의 시를 생각하리라, 시를 쓰리라, 아름답고 즐거운.

그리고 시를 엮으리라.

봄이여 어서 오소서 여왕 같은 봄이여 머뭇거리지 말고 오시어 와락 이 넓은 품에 안기소서.

내 머리털 이처럼 희었어도 그대와 더불어 있기에 아직 늙지 않았소이다.

아침 로터리에서

붐비는 자동차의
거센 아침 물결을 헤치며
저만치서 달려오는 노란 스쿨·버스
그 번지레한 꼴을 바라보며
나는 생각하는 것이었다,
괜찮은가 하고.

그 스쿨·버스에는
노란 모자 노란 셔츠 노란 바지
온통 노란 빛깔에 싸인
애들이 그득 타고 있었다.

창살에 갇힌
토끼들.
토끼들이 멍청하니
거리를 내다보고 있었다, 웃음과
노래와 얘기마저 잊어버린 채.

'어느 몹쓸 서커스단으로
끌고가는 것은 아니겠지?'

자꾸 눈에 어른거리는
더럽게 비게진
단장 되는 사나이의 사나운 모습.
그가 휘두르는 채찍 소리.

로터리를 휙 돌아 저만치
달아나는 노란 스쿨 · 버스, 그 뒤에 붙은
자가용 넘버의 검정 숫자
그것을 응시하며 나는
생각하는 것이었다, 아아 이래도
괜찮은가 괜찮은가 하고.

어찌 된 거냐

어찌 된 거냐, 풀잎이란 풀잎
꽃잎이란 꽃잎
나뭇잎이란 나뭇잎에
빛깔이, 내음이 없다, 어찌 된 거냐.

맑은 샘은 어디 있고
다닐 수 있는 길은 또 어디 있느냐.

어찌 된 거냐, 내버린 전원의
산과 들과 나무들
잊어버린 것도 아닌데
이 모양 이 꼴이니, 어찌 된 거냐.

서로의 대화는 무엇이고
부를 수 있는 노래는 무엇이냐.

어찌 된 거냐, 침울한 저 하늘
쌓이는 울분에
소리없이 통곡한다, 어찌 된 거냐.

언제까지 이대로 보고만 있느냐.
뜨거운 피는 누구를 위한 것이냐.

섣달의 여인女人

오버 깃 여미며
골목길을 돌아나오는
종종걸음이여
손에 든 여인의 보랏빛 보자기에
겨울 햇살이 눈부신 미소를 던진다.

차곡차곡 싸 묶은
젊은 아내의 뜨거운 사랑이여
기나 긴 글발이여
인파를 헤치며 우체국으로 달리는
여인의 마음이 참새새끼처럼
포르르 포르르 임 곁으로 날은다.

이렇게 서로 떨어져 살아도
항상 임의 입김을 몸에 느끼기에
여인은 외롭지 않다고 생각한다.
그리고 그녀는 믿고 있다.
이제 크리스마스가 되고
올해도 가버리면
그리운 임이 돌아올 것을.

그 날을 기다리는 부푼 마음으로
여인은 우체국 창 가에서
임께 가는 소포와 편지를 부친다.

봄 비

돌담 위에 핀 진달래
고 새빨간 꽃잎 위에 봄비가
한종일 시름없이 내리고 있다.
나는 봄비 내리는 것을 바라보며
소월이 자살한 지 올해 몇 해더라 하고 생각해 본다.
그리고 가버린 많은 시인들
그 좋은 벗들을 그린다,
이육사니 윤동주니
남의 나라 감옥에서 무참히 옥사한…….

―감옥이 없으면 범인도 없다.
싸구려 극장 스크린에
잠깐 비쳤다 꺼진 자막 글귀.
그 싸구려 극장이 있던
내 젊음의 땀방울이 아직 그대로
배어 있을 것 같은 골목길에도
오늘 저 비는 내리고 있으리라,
짐승모양 사랑을 나누던
매음녀 복녀의 눈물방울 같은
한숨 소리 같은 저 봄비는…….

눈 보 라

숨 막힐 듯
오염 가스 충만한 서울의
거리 거리로 몰려 든
갑작스러운 눈보라.

그칠 줄 모르는
눈보라의 외치며 서로 찾는
그 소리가 어린애처럼
나를 마구 즐겁게 한다.
미치게 한다.

먼 곳으로부터의
아름답고 장엄한 눈보라
그것은 춤추며 도는 우리의
풍요한 낱말들.

오늘
그 낱말들이 여기에 내려
내려 쌓여서
한 편의 시가 되어
눈부시게 반짝인다.

삶의 기쁨을 찾아서

― X씨에의 편지 ―

조상으로부터
이어받은 것 없다 슬퍼 마오.
그대에게는 숲 같은 젊음과
건강과 의욕과
노래하는 쾌활한 들이 있지 않소.

가난에 시달려도
사립문 열고 나설 때마다
물씬 풍기는 향기로운 흙내음,
해맑은 공기, 대낮의 태양,
이 보배로운 것들은 모두 그대의 것이오.

허식과 위선과 불신 따위의
온갖 거짓으로 얼룩진
도시마다의 가짜 인생을 부럽다 마오.

그것은 울타리 가에 핀
한 떨기 들국화만도 못한 것,
이마에 피땀 흘리며
등골 휘도록 일하는 그대의

꾸밈새 없는 삶은 빛이요 기쁨이 아니겠소

여기 서울은
지금 병 들어 앓고 있소.
엄청나게 많은 거리의 시민들
그들이 등불 가로 모여드는
무수한 불나비로 보이기조차 하오.

노동이란 본시 힘 겨운 일이지만
몹시 힘 겨운 일이지만
싫다 마오. 괴롭다 마오.
온갖 고통 더없이 귀히 여기며
참고 견디시오, 삶의 기쁨을 찾아서…….

꿈 이야기

언제 올라 오셨습니까.
발 소리도 없이 노크도 않고
나그네가 살포시
방에 들어선다.
헌칠한 사나이의 거칠고
굵은 그 손이 예나 다름 없이
유달리 따뜻하기만 하다.
새로 지어 입은 양복과 넥타이가
멋들어지게 어울린다.
보아하니 감이 하얀 백지다.
"이건 전주산 백지가 아닙니까?"
놀라서 묻는 말에
나그네는 그저 쓴 웃음을
입 가에 띠울 뿐, 말이 없다.

낯선 먼 이국 땅이었다.
어느 호텔 베란다에
나그네와 나는 나란히 서서
바깥 풍경을 바라보고 있었다.
저만치 시꺼먼 빛깔의

웅장한 성문이 우뚝 서 있었다.

굳게 닫힌 침묵의
큼직한 대문에는 굵고
둥그런 쇠고리가 달려 있었다.
성줄기는 보이지 않고
라이트는 받는지
새하얀 광선만 둘레에 눈부셨다.
"성문이 굉장하군요!"
물어도 말이 없는 나그네의
얼굴에는 절망의 빛이 깃들고 있었다.

―이것은 그가 영원에의
먼 길을 떠나가던 바로 그 날
그 시간에 꾼 꿈이었다.

남 풍南風

남풍은
봄을 알리는 바람,
비를 몰고 와 나무를 적시고
병원을 적시고
메마른 내 입술을 적셨다.
저기 의사선생님이
우산도 없이 비를 맞으며 오신다.
이 비가 그치면
온 강산에
꽃들이 활짝 피어나려는가.
분통 터지는 일만
날마다 속출하는 이 속에서
글을 쓴다는 것이 부질없구나.
머리맡 화병의
한 떨기 장미를 볼 때마다
일다운 일도 못한 채
이렇게라도 살아야 한다는
부끄러움이 가슴을 깨문다.
헝클어진 흰 머리는
가도 오도 않는 구름송이.

화살에 맞아 쓰러진 사슴처럼
숨을 할딱거리며
침대 위의 오무라진 마음이
파르르 떨리기만 한다.

꿈꾸는 마음으로

서산 너머로 기우는 태양이
짐짝같이 역스럽기만 하다
따분했던 세월이여
어서 꺼져라
깊은 잊음의 골짜기로
나뭇잎도 종종걸음치는
이 해의 마지막 날
촛불 아래 기도드리던
풋사랑 같은 모든 일일랑은
가위로 쌍둥쌍둥 잘라버리고 싶다

거울이나 들여다보자
과실같이 싱그러움에
자기가 반할 만큼 예뻐졌구나
상그레 웃고 옷을 벗는다
옛 백자를 닮은
동그러운 유방
학두루미 닮은 긴 목
꽃이 핀 듯 희맑은 육체
비밀과 웃음으로 손수 짜엮은

햇덩어리의 오묘한 그물을
힘껏 던져 보고 싶은 마음이다

출렁이는 파도 저 멀리
솟구치는 억센 힘이
물거품을 토하는 밤이다
찬바람 속에서도
사랑은 피는가 피어나는가
아름다움이 이 영원한 시간을
감싸주는 신비로움을
꿈꾸는 마음으로 보내자
내일은 사랑 없는 자에게 사랑이
사랑 있는 자에게도 사랑이
오리라, 반드시 오리라

등불 아래서

호젓한 등불 아래서
내 마음이 활자를 더듬는다.
피노키오에게 기나긴 편시를 쓴다.
펜대를 입에 가져다 지긋이 깨문다.
깊은 생각에 잠긴다.

밤이 창 넘어 뛰어들어
소년의 장밋빛 뺨을 희롱한다.
희롱하며 옛 이야기를 조른다.

소년은 대답이 없다.
조용한 시간만이
소년의 손가락 사이로 흐른다.
풀잎 속으로 가는 샘물처럼.

소년에게는 어제가 없다.
오늘이 있고, 그리고
내일이 있을 따름이다.
밤이 깊어 간다.
창밖 어둠 속에서는 간간이

낙엽 지는 소리가 들린다,
기도와 같은…… 눈물과 같은……

─이제 겨울이 오는가 보다.
─겨울이 오면 봄도 머지 않으리라.

창에 기대어

귀뚜리 우는 창에 기대어
먼 하늘 구름 사이로
흐르는 달을 처다보고 있노라니
산 넘어 기적이 울고
불현듯 마음이 설레기 시작한다.

나에게도 아름다운 고향은 있었느니라.
고향은 언제나 나에게
산골 사투리로 옛 얘기를 들려 주었고
두엄 냄새 풍기는 팔로 껴안아 주었다.
그리고 이제쯤 앞산 뒷산
새빨간 단풍은 또 얼마나 고았느냐.

밤이면 널따란 마당
키다리 버드나무와 나란히 서서
달 구경 하는 것이 즐거웠다.
형도 누나도 동생도 없었건만…….

돌로 드높이 쌓아 올린 담
그 담을 덮은 담쟁이풀 그늘에서

가을 벌레들의 요란스런 코러스가
나를 위로하는 것도 오늘 같은 밤이었다.

아아 나를 길러 준 고향아
너의 아늑한 품
그 흙냄새 풀냄새 두엄냄새 투성이
품으로 꿈에라도 좋으니
날 가게 해 다오, 단 한 번만이라도…….

내일도 저 광야에 새 길을
－ 光復 20年에 부쳐 －

광복절을 맞이한다.
꼭 스무번째의 광복절이다.
올해도 국토가 분단된 채
다시 맞이하는 광복절이다.

파란만장의 20년, 그 동안에는
골육상잔의 쓰라린 동란도 있었다.
부정에 항거하고 일어선
슬기로운 학생 의거도 있었다.
군사쿠테타도 있었다.

고질적인 정치 싸움의
끈덕짐이여 다들 애국자라 했다.
애국자는 많건만
나날이 졸아들어만 가는
이 살림살이는 어찌된 셈이냐.

가뭄입네 홍수입네
폭풍입네 울부짖으며
심술궂은 하늘만 쳐다 보아야만 하는

혈색 없는 얼굴들.
맥풀린 웅달진 인생은 무능해서인가?

터지고 또 터져나오는
부정 부패. 사건 또 사건.
테러 · 린치 · 살인 · 강도 · 절도 · 유괴 · 사기 · 횡령
범죄라는 이름의 온갖 범죄의
범람이여 캄캄한 밤이로다.
밤의 어둠을 타고 날아다니는 건
박쥐떼 아닌 탐관오리.

참다 못해 거리로 뛰쳐나온
젊은 지성, 지성은 아우성쳤다.
그리고 지금도 아우성치고 있는 것이다.
줄기타게 번져 나가는
데모 데모 데모의
파도.

세월은 가도 싸늘하기만 한
오욕의 역사 속에서 20년 아닌

200년, 꼬박 200년을
억지로 살아온 것만 같구나.

오늘 다시 광복절을 맞이한다.
스무 해 전 오늘은
썰물 지듯 쪽발이들이 밀려나간 날이다.
한데 이제 또
밀물처럼 밀려닥쳐오다니!

오래 남에게 기대 살다 보면
원조니 하는 말에 귀가 솔깃해질 법도 하다만
그러나 잠간만!
그 깜찍한 속셈이 너무나 환하잖느냐.
보라 할퀴고 찢긴
이 상처를, 가시지 않는.
영원히 가시지 않고 쑤실 이 상처를
어떡할 것이냐.
아아 이 시간에도
155마일 정전선 밖 저 땅엔
붉은 이리떼들이 득실거리고 있다.

어서 횃불을 밝히자. 때는 왔다.

다같이 높이 밝혀 들고
모든 악을 몰아낸 뒤
내일의 저 광야에 새 길을 닦자.
우리가 갈 길을 말이다.

보라 저 나무를

－ 母校에 부치는 송가頌歌 －

보라 북악산 기슭에 나 있는
한 그루의 저 나무를.
하늘을 찌를 듯 높이
치솟아 올라간
저 나무를 보라.

보라 광대한 창공 머리에 이고
태양 아래 번쩍이는
저 나무 잎새들을.
수 없는 싱싱한 잎새들의
저 푸르디 푸른 빛을 보라.

땅 속 깊이 뿌리 박고
모진 비바람 사나운 눈보라 속에서
굳굳히 자라난 나무이기에
흔들리지 않고 늙지 않고
그 빛을 빛내는 것이로다.

보라 영원한 젊음과 성장과
광영을 상징하는 저 빛을.

나이테를 쌓을수록 더욱 빛을 내는
시들 줄 모르는 저 나무를 보라.

어떤 것이든 그 아름다움을
그대로 잃지 않고 있지는 못하는 것.
그러나 저 나무만은 그 빛과
그 아름다움을 빼앗기는 일 없으리라.

보라 북악산 기슭에 나 있는
한 그루의 저 나무를.
하늘을 찌를 듯 높이
치솟아 올라간
저 나무를 보라.

그림자 없는 벗들이여
─ 다시 4·19를 맞아 ─

그림자 없는 나의 벗들이여
그리운 젊은이들이여 슬기로운 넋들이여

당신들을 위해 내 무엇을 노래하랴
나에게는 노래를 장식할 아무런 말도 없다.
스쳐 가는 세월 앞에서
그저 울고 싶어할 따름이다.

바람에 지는 꽃잎처럼
당신들 훨훨 먼 나라로 가 버린 뒤
우리는 전보다 의로와졌는가?
한 걸음 더 전진했는가?
피를 토할 듯이 그처럼 울부짖던
우리의 민주주의는?

올해도 어김없이 봄은 찾아 왔다.
당신들 해일인 양 밀며 달리던
그 거리, 그 광장, 두메 산골에까지
나뭇잎 돋아나고 꽃은 만발했다.
그러나 향기로운 저 꽃들을 다발로 엮어다가

당신들 무덤을 덮은들
내 마음의 이 서러움이 풀릴까 보냐.

아아 귀에 쟁쟁한 분노에 찬 아우성,
목멘 그 많은 목소리……
하건만 우리는 오늘 모두 말이 없다.
왜 말이 없는가? 아니다.
아니다.
언제까지나 침묵과 맞서고만 있을 우리가 아니다.
우리는 기필코 이룩할 것이다
짙푸른 내일—당신들이 갈망턴
빛나는 우리 조국을!

만일 다시 태어나

만일 다시 태어나
어지러운 이 현실을 보신다면
만해 선생, 선생은 슬퍼하시겠습니까.

나는 모릅니다, 선생이
슬퍼하실지 어떨지를
나는 모릅니다.
내가 알고 있는 것은
나라 사랑하시는 선생의 갸륵한 마음이
예나 이제나 한결같으시리라는 것
오직 이것뿐입니다.

만일 다시 태어나
민중의 앞장을 서신다면
만해 선생, 선생은 어디로
이 무리들을 이끌고 가시겠습니까.

나는 모릅니다, 선생이
어디로 이끌고 가실지를
나는 모릅니다.

내가 알고 있는 것은
겨레 생각하시는 선생의 깊은 정을
더욱 아낌없이 쏟아놓으시리라는 것 오직 이것뿐입니다.

만일 다시 태어나
붓을 들어 시를 쓰신다면
만해 선생, 선생은 신비롭고 아름다운
「님의 침묵」을 계속 쓰시겠습니까.

나는 모릅니다, 선생이
그러 하실지 어떨지를
나는 모릅니다.
내가 알고 있는 것은
나라와 겨레 사랑하시는 선생의 뜻을
싯귀마다 오묘히 담으시리라는 것
오직 이것뿐입니다.

우정이란 아름답다지만
- 홍이섭 형 일 주기를 맞아 -

벗꽃이 보기 싫어
그대는 벗꽃 피기 전에
가고 말았는가.
보석 같은 안경에
비치던 건 낡은 책들뿐,
밤낮 없이 책더미 속에 파묻혀
책만 벗삼고 살던 그대여
이제는 그처럼 미워하던
쪽바리도 어용학자도 사이비 학자도
없는 그 어느 곳에서
헌 책을 뒤적이고 있는가.
내 책상 위엔
그대가 선물한 탁상 형광등이
오늘도 20년 전 그 때와 꼭같이
환히 불을 밝혀 주고 있소.
그 불빛 아래서
추도시를 쓰다니
그것도 그대의 죽음을 애도하는…….
이른 아침 고무신짝 끌고
그 먼데서 우리집까지 찾아오던

그대 모습 그 꼴이
꼭 한 번만 더 보고 싶구려.
우리는 만나서 얼마나 많은 커피와
냉면과 만둣국을 같이 먹었소.
얼마나 많은 이야기를 주고 받았소.
그대 떠나던 바로 그 날
그대가 가는 줄도 모르고
나도 한 병원 응급실에서
링겔 바늘을 발에 꽂고
고무 튜브를 코에 넣고 산소 공급을 받아야 했으니
이렇게 되면 내가 바보인지
그대가 바보인지 알 수가 없구려.
우정이란 아름답다지만
아아, 목이 메이도록 슬프기만 하오.

7월에 부치는 노래

산도 들도 시내도
목장도 가축도 울타리도
온통 짙은 녹색에 물들어 버렸다

아카시아 그늘 샘터에 나와
그림같이 고요한
먼 하늘 쳐다보며
마을 아낙네들
오늘은 또 무슨 얘기를 저리 하고 있누.

아득한 바다를 건너 온
물바람이 내 모자를 벗기며
나를 얼싸안은채 놓지 않는다.

아아 이런 날은
나도 저 바닷가에 나아가
소리치며 한종일
뜀 뛰고 싶다
파도 타고 멀리
멀리 가보고도 싶고…….

잘 가거라, 1960년이여

잘 가거라 뜻 깊은대로 괴롬 많던
영광의 해여 고난의 해여
1960년이여
잘 가거라
나에게서라느니보다 우리에게서.
잘 가거라 가는 널 우리가 붙들 수는 없다.
오직 길이길이 잊지 못할 따름이다.
잘 가거라 널 떠나보내고
우리는 보다 새롭고 강렬한 해를 맞이하련다.
잘 가거라 잘 가거라
과거의 그늘로 사라지려는
1960년이여

영원한 작별을 고하는 이 밤에 나의 귀엔
먼 곳으로부터의 장엄한 노랫소리가 들린다.
그것은 기쁨에 찬 노래,
새 세대가 지금 군대처럼 행진해 오고 있다.
어처구니 없는 현실의 이 수렁 속에서
언제까지나 허덕거리고만 있을 수는 없는 노릇이다.
반드시 우리는 빠져 나올 것이요,

빠져나와 힘차게 전진할 것이다.
지난날의 온갖 불의 · 허세 · 협잡 · 사욕 · 태만
이 불미로운 것들을 쉽어치우고 보다 넓고 튼튼한 더전을 닦아 낼 것이다.
올바르게 무럭무럭 성장하는 것,
그것만이 다 같이 살아나는 우리다운 한 길일 것을.

이제 온 강산은 메마를대로 메말랐다.
초목들마저 시들대고 시들었다.
그러나 아직 붉은 피는 끓지 않는가.
심장은 뛰고 있지 않는가.
한사코 오는 봄엔 우리 손으로 꽃피워 보이리라, 꽃피워 보이리라.
그리하여 산마다 들마다 거리마다
풍성한 옥토 만들어 놓으리라
우리 자신을 위하여, 아니
우릴 믿고 뒤따라 걸어오고 있는 저 어린 자손들의 미래를 위하여. 그렇게
함으로써만 다시 한번
슬기로운 겨레임을 만방에 자랑할 수 있으리라.

현실은 불멸의 것을 위해서 존재한다.
그야 위기도 있으리라.

허나 우리의, 우리의 참된 이념을 실현시키려면
만사를 걸고 맞설
비장한 인내와 각오가 필요치 않겠는가.
잘 가거라 뜻깊은대로 괴롬 많던
영광의 해 1960년이여
고난의 해 1960년이여
잘 가거라 잘 가거라 잘 가거라.

종鍾 소 리

아직 하늘엔 어린 별들이 머물고 있으나
종 소리가 저렇게 들려올 제는
새해가 이제 저기 오는가 보다.
먼 동해 바다 한가운데에는
시뻘건 햇덩이가 지금쯤
몸부림치며 솟아나고 있으리라.

나는 창문을 열어제치고 창가에 기대선다.
어쩐지 오늘은 이른 새벽부터
귀한 손님이 나를 찾아올 것만 같다.
바람이 풍기는 향기마저 포근하고
아아 모든 것이 아름답기만 하다.

─올해는 무슨 기쁜 일이 있으리라,
어깨가 마구 들먹이는
음악과 같이 즐거운……

새벽에 들리는 종 소리─ 종 소리에 섞여
별들의 웃음소리, 노랫 소리가 들리는 것 같아
나는 언제까지나 창가에 선 채 바깥만 내다본다.

꿈꾸는 마음으로

서산 너머로 기우는 태양이
짐짝같이 역스럽기만 하다
따분했던 세월이여
어서 꺼져라
깊은 잊음의 골짜기로
나뭇잎도 종종걸음치는
이 해의 마지막 날
촛불 아래 기도드리던
풋사랑 같은 모든 일이랑은
가위로 쌍둥쌍둥 잘라버리고 싶다.
거울이나 들여다보자
과실같이 싱그러움에
자기가 반할 만큼 예뻐졌구나
상그레 웃고 옷을 벗는다
옛 백자를 닮은
동그러운 유방
학두루미 닮은 긴 목
꽃이 핀 듯 희맑은 육체
비밀과 웃음으로 손수 따 엮은
햇덩어리의 오묘한 그물을

힘껏 던져 보고 싶은 마음이다
출렁이는 파도 저 멀리
솟구치는 억센 힘이
물거품을 토하는 밤이다.
찬바람 속에서도
사랑은 피는가 피어나는가
아름다움이 이 영원한 시간을
감싸주는 신비로움을
꿈꾸는 마음으로 보내자
내일은 사랑 없는 자에게 사랑이
사랑 있는 자에게도 사랑이
오리라, 반드시 오리라

平洞이라는 동네

돌가게의
돌 쪼는 징소리.

언덕길 올라서면
경희궁 옛터 늙은 아카시아들
저만치서 반기며 꽃내음 토하는…….

무너진 성줄기 따라
국립관상대로 가는 길이

하얗게 앞으로 직선으로 긋고
벋어 올라가고, 길 아래
옹기종기 들앉은 고만고만한 집들
훈풍 속에서 낮잠을 잔다.

밤이면 부엉이 울고
소쩍새 울고
오가는 행인마저 드문 골목은
인왕산 호랑이새끼라도
내려와 두리번거리고

있을 것같이 호젓하다.

도심지 가까우면서도
먼 두메인 양 적적한
이 동네를 나는 떠날 수 없다.
떠나고 싶지가 않은 것이다.

<『문학사상』 1980년 10월 호 게재>

벌거숭이 孤獨

아침마다 좁다란 뜰에
따뜻한 햇볕이 든다.
우유가 온다.
조간신문이 온다.
늙은 우편 배달부가 편지를,
잡지를, 책을 문간에 던지고 간다.
이따금 시골에 있는 딸한테서
소포가 오기도 한다.
서울서 못 구하는 새마을 담배이다.
무엇을 욕심내랴
손때 묻은 낡은 책들
낡은 화집들
많지 않은 내 친구들
그리운 친구들
이들과 함께 인생의
이 풍만한 가을을 즐긴다.
아름다움을 찾는 인간에게는
벌거숭이 고독은 영원한 것.
추억을 더듬는 나이에

과거로부터 해방되어
태양 소리에도 미소 짓는다.
대문닫고 프리이지어 꽃향기
짙은 방안에 앉아
감미로움조차 느끼는
요즈음의 나날

−1973. 11. 27

<『문학사상』 1980년 10월 호 게재>

『부록: 영인본 자료』

張萬榮

詩集

羊

1

달, 葡萄, 잎사귀

2

3

4

봄 들 기 前

그 어느 먼 바다를 건너온 비는

이윽고 봄이 온다는 반가운 소식 을 전하고

오늘아츰 저 언덕을 넘어 떠났읍니다

湖畔의 牧場으로 牧者를 찾어간다면서……

— 2 —

어머니 햇볕 포근히 쪼이는 山비ㅅ탈 저 푸른 牧場에

젊은 牧者의 휘파람 다니는 한가한 角笛소리가

우리의 귀를 즐겁게 할때도 멀지않겠지요

오늘은 경난한 고 조고만 새색기들도

먼 시길을 찾어오는 손님을 영접한다고

푸른하늘 아득이 떠서 따뚝거립니다

어머니 봄이 한 푸뢰수뢰가 오는것은

들건너 아즈랑이 자욱한 언덕이판지요

그러기에 나는 오늘도 먼 언덕을 바라보고 있웁니다

— 3 —

바 람 과 구 름

어머니 언니가 羊들을 다리고 나아간지는 벌서 여러달이 되지않습니까?

그런데 언니는 웨 돌아오지 않을까요?

나는 오늘도 저~銀杏나무 아래로 나아가

언니를 기다리는 □課를 잊지않겠읍니다

어머니 夕陽이되여 언니가 羊들을 몰고

저 山기슭을 돌아 휫파람 불며 올때가 되엿것만

언니는 영영 오지않고

구름만 뭉게뭉게 山을넘어 옵띠다

어머니

어데서 어린 쯧죽새 소리가 들려옵니다

—4—

만일 언니가 뻐꾹새가 되었다면
숲에서 오직이나 외로워 하겠읍니까?

애기야 커 파아란 하늘을 바라보아라ー
맑은 하늘에 나붓나붓 떠커다니는
하ー얀 구름이 보이지 않니?

너의 언니는 하늘에 사는 바람이 되고
떼지어 다니는 하ー얀 구름은
언니가 사랑하든 무들이란다

오늘도 너의언니는 고요한 하늘의 푸를 시길로
무들을 몰고 다니는꺼나ー
낫욱이 영갈패는 핏파람 소리도 들이지 않겠늬?

—5—

羊

어린양은 오늘도 머언하늘을 바라보고 있읍니다

찬란한 綵衣를 산듯이 가라입은 山마루 겹에는

파아란 하늘을 밟고가는 한구름이 있읍니다

—6—

어린양은 오늘도 아득한 새소리에 귀를 기우리고 있읍니다

새들이 날고 나라가는 포근한 바람속에는

새들의 짖어귀는 즐거운 노래가 있읍니다

어린양은 오늘도 떼가녀 친구들을 보고

자기엄마가 뫼을 넘어오지않나 의심합니다

어린양은 오늘도 새소리를 들으며

커를 꾸면 엄마의 목소리를 그리워 합니다

—— 7 ——

도라오지않는두견이

어머니

두견이는 어디로 갔을까요?

여름날 커어 머언숲 젙은그늘에 웠던

푸를怡穀을 그대로 두고

두견이는 지금 어디로 갔을까요?,

어머니
가을이　또　말없이　찾어와
푸른　猫碧에는　맑앟게　丹楓이　들니다
붉은노을　맢게비긴　하늘이　멀고
해가커도　두견이는　아니웁니다

어머니
오늘도　한종일　두견이를　찾었으나
쉾넓는　나무끝의　노래만　구슳으고
두견이는　영영　않이뵙니다
이윽고　저울도　커　山을　넘어왔다　하떼……

—9—

가을아츰風景

어쩌밤 落葉을 밟고 조심히 가든

가을님의 가벼운 발자욱 흔적이 업고

太陽은 발서 둘러니 나지익한 언덕에 올라와

白金처럼 빛나는 힌날개를 해놓고. 펴고

찬란한 우슴으로 우리들을 부릅니다

— 10 —

어머니

저 푸른 琉璃처럼 닮은하늘은

얼마나 沈靜한 얼굴입니까?

이 아침에 머언 海岸의 따뜻한 바위에는

힌물새들의 해빛을 즐기는 작은모임이 있겠읍니다

어머니 훌륭한 어름이 아닙니까?

우리도 어서 저 고요한 숲으로 나아가

우리들의 앞에 끝없이 펴지는

훌륭한 저 風景들을 구경하지 않으렵니까?

무　지　개

깊은하늘의　푸른빛　맑고

흰물새　그림자　바다에　머얼다

나는　海邊모래를　껴안고……

햇볏이　살포시　나를　껴안고

그時節의　어린꿈　무지개　되여

단풍잎　라는섬에　아득하고나ー

— 12 —

燭불이 사르르 꺼진뒤

찬듯─ 밀여드는 달빛에 방안이 푸르러……

碧梧의재 고요히 풀을 거닐다

쇠리찬 밤하늘 기럭이 소리 아득하고

한동안 낮었던 거문고 줄을골아

푸른달밤 넋이 더워 볼까?

봄을 그리는 마음

눈녹는 소리 뚜욱 뚝 들려오는 이야청

梅花꽃 책상우에 더욱 淸楚하고나!

이렇케 연사흘만 날이 풀이면

남쌍인 끄꿀에도 뭉소리 들이려니

—14—

봄 하 늘 을　멀 리　생 각 하 며　떠 떠 인 다

오 늘 아 츰　내 마 음 은　물 새 가　되 여

성 어 풀 인　먼　바 다 엔　배 스 노 래　불 이 려 니

푸 른 연 기　피 는 들 에　家 畜 이　오 고 가 고

봄 이　찬 란 한　綠 色 수 레 을　타 고 오 면

이 윽 고　아 지 랑 이　자 욱 한　언 덕 을　넘 어

— 15 —

별

1

燦爛한 별밤을 그대로 두고

초승달이 홀로 머언 숲을 넘어갑니다

고요히 흘러가는 銀河水 물가에는

별들의 그림자가 어리웁니다

거기 또 차운 별이 하나

어쩌룬지 먼 길을 떠나갑니다

來日은 저별이 그어느 나라에 찾아하여

따나온 머언 祖國을 오작이나 그리워 하겠읍니까?

오늘밤은 나도 저 붉은하늘 아래로 나아가

별들의 하는 아득한 옛이야기를 들으렵니다

— 17 —

별

2

하늘의 끝없는 大理石 층층계 를

씻兒처럼 어린별들이 기여오른다

바람도 숨고 버려도 울지않는
밤은 이제 湖底처럼 고요하다

한밤에 홀로 꿈을 거니는것은
하늘을 夢想하는 나의 외롬日錄이여니

마옹아! 너는 山새처럼 포트르 나라서
아득한 밤하늘의 하나 작은별이 되렴으나!

— 19 —

머언 재를 넘어가는 초승달빛이

아직 이슬나린 풀밭우에 머물고 있지않나?

포근한 (숨결) 끝없이 흐르는데

꽃향기 더욱더 향기러워라

풀밭 우에 잠들고 싶어라

—20—

숲속 푸른잎에 노래하는 두견이는

여름마다 찾어오는 나와 정다운 동무

오늘은 그의 부르는 노래를 들으며

이 풀밭우에 고요히 잠들고 싶어라.

아직도 거문고 소리가

들이지 않슴니까 ?

—— 푸른湖水의 이는 波紋을 거문고의

줄이라면 바람은 젊은 伴奏者이다 ——

밤이깊어 당신이 저 湖畔으로 나가실째

당신은 푸른물ㅅ결을 타고 흘러나오는

고요한 노래를 돌오시겠읍니다

— 22 —

아득한 하늘엔 별빛의 우슴이 피고

깜파욱 거처 젊은이의 얼골이 머얼때

이는 외로운 나그네 바람이 켜는 거믄고 소리여니…

온 종일 푸른하늘을 찾어다니든 고 귀여운 들새들도

지금은 둥가어 잠드며 고요한때

째땅에선 아피도 거믄고소리가 들이지 않슴니가。

참새새끼 짓어귀며 아츰은 고요하다

이슬나린 풀을거니면 풀香氣 코를 찔으고

마음, 풀과같이 맑다

아직도 구름은 山을넘어오지 않거나, 山에는 크거검인 푸른하늘뿐──

두팔을 두루미처럼 버리면 蒼空의 나래를 펴고

마음, 하눌로 올나간다

—24—

달,
葡
萄,
잎
사
귀

비

順伊 퇴山에 두견이 노래하는 四月人달이면

비는 생파ー란 잔디를 밟으며 온다

비는 눈이 水晶처럼 맑다

비는 하아얀 眞珠목고리를 자랑한다

비는 水郷버들 그늘에서

한종일 銀色 메ー스를 짜고있다

비는 때낮에도 나를 키스한다

비는 입술이 함숙 딸기물에 젖었다

비는 고요한 노래를 불러

櫻花香기 품기는 黃昏을 따려온다

비는 어디서 자븐지를 말하지 않는다

願伊 우리가 煩人불을 밝키고 마조앉을때

비는 밤깊도록 窓밖에서 중알거란다가도

욱고 아슬이면 어디론지 가고 보이지 않는다

달

──죽은누나는 하늘에 사는 달이 되였읍니다──

누나야 너는 어디로 가늬?

찬란한 청처마를 닯실길에 끌고

밤하늘을 고요히 거니는 너는

그옛날──

비가 시집가든 그날처럼 고웁구나─

누나야 銀河를 건너 피─ㄹ로올여가는

── 28 ──

갈피리 소리가 그윽히 들려온다
어둠을 타고 가만 간히 나려가는 流星은
또한 누구의 작난이뇨?

오빠 나는 그이를 맞으러 갑니다
나를 부르는 그이의 갈피리 소리가
아직도 커렇게 들려오지 않습니까?
이게 그이는 銀河까 치ー水鄕버들 아떼여쇠
나를 섬섬히 기다리고 게시겠읍니다

오빠 하늘을 懶眠하고 떠나는 流星들은
바다를 찾어가 眞珠가된다 이루지 않습니까?
당신은 人魚가 되여 바다깊이 眞珠묻을 찾어가서요
거기 眞珠들이 우리의 이야기를 전할것이여니ー

달빛이 湖水처럼 밀여왔고나!

順伊 버려우는 古風한 뜰에

달은 나의뜰에 고요히 앉었다

달은 과일보다 좀그럽다

東海바다 물 처럼
푸른
가을
밤

葡萄는 달빛이 스며 고웁다
葡萄는 달빛을 머음고 익는다

順伊 葡萄넝쿨밑에 어린잇새들이
달빛에 젖어 호젓하고나ー

조 개

海棠花 잎사귀에 바람이 스며들고

바다중달새

불人결 사이사이로 숭박굼질 하는

봄하늘 그리고 午後.

— 32 —

고요한 海岸에는

따슷한 해ㅅ살 쪼이는 조개가 하나.

바다가 잇은지 오랜 조개가 또 하나.

한나븐 조개는 바다소리만 뜰고사 노나

그는 나의 초라한 이마음.

이저는 아름다운 꿈도 잃어바리고

ㄱ. 둥근입을 버린채 허여젓구나—

湖　水

그윽이 싸운 湖水의 面紗를 베진이가 누구뇨? 湖水의 푸를얼골 푸를우슴이 난란하

고 다시 좋은 時候끼 季節이 왓다 湖水는손질하야 갈매기를 부르고 바람과 구름과

風과.... 그리고 順伊 너와나를 부른다!

—34—

順伊 아빠가 사온 세—ㄹ라服을 입고나오너라 百合처럼 하아얀 너의 고 조그만 똑떨

船을 몰고 어서 우리들의 遊園地 湖水로 가자! 가서 키 玉같이 밝고푸른 물우에

띄워 고 오리새끼놈들을 追擊식키자 그리고 우리는 그의 勇敢한 호態를 鑑빠에 앉

어 손벽치며 稱讚하자

順伊 湖水건너 菓樹園의 배꽃이 얼마나 좋으냐? 나는 밀크같이 그윽한 배꽃을 배

꽃같이 노—불한 少女 順伊 너를 사랑한다

潮水

2

떠듬 떠듬 갈때를 지나 湖水에 나가니

佛蘭西 旗발처럼 금게 펴진 저녁하늘.

潮水엔 배도 없고 물새도 없고

참삭 참삭 모래싯는 물소리 고요하다

외로운 마음 갈때잎 꺾거들며 도라가노니

밤이 풀불들을 따리고 물우로 조용히 건너온다

—36—

風

景

새벽이 아득한 水平線을 넘어 찾어옵니다

바다의 물결은 海岸의 검은바위에 입을 마추며

어젯밤 이야기를 웃으며 쏘근댑니다

汽船은 華麗한 出航을 기다리고 있읍니다

시방 太陽은 地球의 붉은입술에 離別의 키쓰를 하고

오늘 하로의 먼 길을 떠났읍니다

손수건을 흔들며 그를 餞送하는 갈매기——

나는 몸을 박차고 밖으로 뛰어나왔읍니다

찬란한 光線속에 나부끼는 나의 寢衣——

이윽고 나의 입술로 부러 나오는 明朗한 휘파람이

비인 바다 空氣를 헤치고 끝없이 날아갑니다

(오오 偉大한 새벽이여—)

어느듯 나의 입술은 새벽의 가슴을 헤치고 들어가

그의 겨꾸지를 뽑고 려문파갑이 신선한 그의 젖을 맛미게 뺍니다……

바 다

一

바다여 너는

또의 검은머리칼을 허어옇게 떠든것이 海岸과 바위마고

해마저 그 뿌어리같은 바위란 뿔고흫지만……

흐다여ㅡ

그것은 바위가 으이때 싫엄은 가흘바람 이 오다

2

「그만 치리가오 저…」

당신의 억센抱擁에 숨이 막힐것 같습니다」

물결은 웃으며 다려났다

──나의 입술엔 아직도 그때닮의 입술의 觸感이 사라지지않고 있다

3

오늘은 바다의 쉬日인가보오

그러길래 갈매기는 하늘로 올라가 저노래를 자랑하고

물결은 침을 쌓고쌓며 장난을 추지요

하늘엔 그을의 高貴族가 아름답히 나부끼고……

—41—

港口夕景

港口의
저녁●●●
諸客者인 갈매기들은 바다 멀리 나아가
아지못할 먼나라로 불어오는 高貴한 **에트란제** 배들을 맞어드리오

저녁해의 餘光에 帆船의 붉은 夜會服이 黃金처럼 燦爛히 빛나오

港口「호텔」의 장미빛─燈盞의 불이

푸른빛人절우에 반듯! 깜앗─ 반듯! 깜앗─

이윽고 꽃철은 客室에 行裝을 풀고

배들은 언 旅路에 시달인몸을 펴고눕소

그러나 지금 그들의 가슴엔 메똥의 香쭂같은 鄕愁가 안개같이 자욱히 나리오

汽船은 캄캄한 밤하늘을 치여다 보며

담붉은 푸욱 푸욱 뽑고있오……

風景

　　　　1

포푸라의　그늘에서　참새새끼들의　소리가　競爭을　하오

엇덕　멀리　에메랄드같이　밝겨지진　새벽의　푸른얼골——

　　　　2

（마남　太陽은　오렌지　보다도　즁거렁습니다그려—）

— 44 —

비듥이장 같이 하아얀 療養院—

오늘도 그女子는 南쪽窓門을 열고쇠 먼 바다를 바라보고 있오

(마님 봄이 그女子의 마음을 啄木鳥처럼 쪼아먹겠지요?)

3

松林이 噴水처럼 파아란 해볕을 뿜으오

松林아래 외로히 비낀 여울의 초승달—

(마님 어쉬 저 시냇가로 조약돌을 주으러 가십시다)

아 츰 窓 에서

참새새끼들이 정비나무 숲풀어서 즐거히 짓어건다

나는 窓을 열어제치며 綠色커-텐을 헤쳤다

아 싱그럽이 눈부시게 燦爛하고

바람이 꽃香기를 함숙 물고 달려들어 함부로 나를 키쓰한다

-46-

어젯밤 나의 벼개머리를 지키던 꿈빨은

꿀벌들 처럼 자꾸 琉璃窓을 넘어간다

참새새끼들이 젱비나무 숲흘에서 즐거히 짓어귀고

山마루 구룸은 머언 出航을 기다리는 배들처럼 머물고 있다

새로 3時

靜없이 고양이 처럼 사랑스러히 잠자고 있는 깊은밤——

寢床우 푸른牧場에 피여난 한떨기의 揚貴妃꽃——卓上電燈이 붉고 고아라!

(옛날도 ……옛날도 ……)

— 48 —

꿈속에서 꿈을꾸우는것 처럼

傳說의 할머니—기둥時計의 古風한 첫소리가 나의귀에서 머얼다

——갑짜기 時計가 哄笑를 치며 ㄴ字로 두팔을 버린다

瞬間 音響의 波紋이 房안으로 퍼지고……

새로 3時——

나는 여읜히 하아얀 ••• 암처이에 기다기였

追憶의 쭈인껌을 ••• 찌근거린다…

— 49 —

海岸에서

바다의 파란잔디밭에서 어린성 처녀가 물결의 어린애들을

숨을 씩근거리며 뛰며뛰어가 안긴다, 붉은 어머니 海岸의 가슴에——!

이윽고 다시 물은 잔디밭을 向하야 떠어나간다

그들은 어머니의 그 銀실같은 힌머리갈우에 키쓰를 거듭하고

어린 작난꾼들이 갔었다, 씻은 머리의 팔뚝데이—海草를 씻을것도 있고

멀리 따라나는 어린것들의 떼모양을 구경운웃이 바라보는 물은 어머니——

사방 그의 입술에는 幸福의 우슴이 생활처럼 흐르고 있다

—50—

初

心

抄

알 밤

푸른꽃 알밤
마음의 故鄕.

그는 우리의게 지나간날의
아름답든 꿈을 찾을수 없는 꿈을
엄연히 갓어다 보여줍니다

—52—

우리는 그속에서 다같이 웃으며
情다히 모이여 소근댑니다
머언 길을 떠나간 동무。
간곳몰아 알ㅅ길 없는 첫사랑
모두다 웅조리나 모이여 추렴합니다

동무도 가고 歲月도 갔건만……
그는 우리에게 지나간날의
즐거웁든 노래를 들려줍니다

歸路

나는 해처서 어슷 어슷 한 논시길로
소롤고 소리하며 돌아옵니다
하로종일 꿀비기에 시달인 두다리도
오막사리 내집에 반짝이는 불을보면
가벼게 성큼 성큼 디뎌집니다

나는 해처서 어슷 어슷한 논시길로
소롤고 소리하며 돌아옵니다
나를 기다리고 게신 어머니께 드리려
물옻으로 花環을 맨들어 돌고。

—54—

어머니는 나의 이 친물을 받으시고
나의 이마에 입마쳐 주시겠지요
그리고 나의게 따뜻한 국과밥을
한사발 가득담아 갖어다 주시겠지요

나는 해거서 어슷 어슷 한 논스길로
소몰고 소리하며 돌아옵니다
가슴은 幸福에 가득 넘치고
西쪽엔 초승달이 걸려있읍니다

섬

바다 저쪽에 섬하나 있읍니다

봄이 멎만 꽃송이도 볼수 없어요

아마 아무도 살지않나 봅니다

──그렇기에 아츰에도 저녁에도 밥짓는 연기가 않오르지요

만일 내가 혜영을 침출안다면

―56―

잃어 내가 바를 될수 있다면

나는 꽃씨를 들고가 온산에 뿌리여

아름다운 꽃산을 만들겠읍니다

그리하야 내가 자라 어룬이 되거든

나의 사랑하는 비들이와 귀여운 토끼를 다리고 거 섬에가서

나홀로 고요히 살겠읍니다

고요히 한뉘을 살겠읍니다

선 물

맑은강 은하수까

푸른풀밭에

송이송이 별꽃이

피였읍니다

하늘게신 공주님
어쩐 아가씨
고히고히 무엇다시
먼지시면은

달도없는 바다까
외로운 봄새
내려오는 선물을
기다리지요

詩集　羊

1937년 12 월 30 일　발행
1974 년 5 월 5 일　영인

영인 · 인쇄
발 행 소 光一文化社

주소. 서울 특별시 종로구 청진동 258

등록. 1973. 5. 16. 가 제 6-46 호

전화. (74) 0 7 8 6

값 500 원

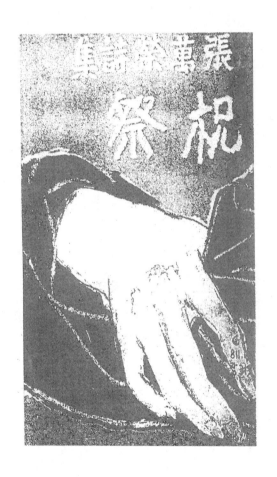

詩集

祝

祭

張萬榮 著

人文社 刊

INITIAL.

琉璃窓에

첫못 水蒸氣가 갓득 어렷나

S•E—나는 그이의 이니서알을 쓴다.

銀色 글字가 차고 슬프다

나는 손手ㅅ을 끄내 지운다

祝

祭

지우고 또 지워도 슬픔은 사라지지 않는다

유리표 안에 피었든

薔薇꽃 마저 病든 밤,

나는 가슴을 앓는다

가슴을 앓으며 내사람을 생각한다

S●E─비둘기 처럼 내품에서 나라가바린─

—5—

順伊와 나와

푸른 잔디를 깔고
順伊와 나만히 앉었다

順伊의 억개로 나의 팔이 · 울은다
나의 억개로 順伊의 팔이 울은다

順伊 너는 내가 좋으냐?

-- 6 --

順伊와 나와

푸른 잔듸를 깔고
順伊와 나란히 앉었다

順伊의 억개로 나의 꽐이 울은다
나의 억개로 順伊의 꽐이 울은다

順伊 너는 내가 좋으냐?

—6—

順伊의 눈이 水晶처럼 맑어진다

順伊의 얼굴이 나의 가슴을 파고든다

솔바람이 바다처럼 시원스런

언덕

봄

順伊와나는

먼 山脈들 처럼 고요한 「來日」을 생각하며 幸福하다

조　개

바다도　갈매기도
조개는　잊은지　오라다ㅇ

이저녁
바다앤　고기떼가　뛰고
海岸은　굴빛　노을이　아름답것만……

――8――

조개는 바람찬 모래벌우에
보람없는 꿈조각만 따하노니、

이윽고 달이
저 모래언덕우에 둥긋이 떠오르면

조개는 또
孤獨과 哀傷의 캘렌다만 되지고 있잔구나。

—9—

病室

비가 밤을、밤이 窓을 밀며온다。나는 약포에 불을 켠다。나

는 窓앞으로 가본다。캄캄한 밤。나는 熱이 높다。나는 기침

을 한다。나는 코끼리처럼 갑갑하다。나는 찬 琉璃에 입김

을 흐린다。나는 입김을 흐리어 손끝으로 戱畵를 그려본다。

다리가 麒麟처럼 긴 녀석——

-10-

그는 눈이 굉엄 펼 나리는 曠野를 가는것 같다. 그는 支向

없이 쫓기여 가는것 같다. 그는 白系러산인것 같다. 그는 님

을·잃은 나같기도 하다.

나는 다시 자리로 돌아와 눕는다. 나는 고닯프다. 나는 자고

싶다. 나는 가많이 눈을감는다. 비가 눈우, 눈이 바람을 몰고

온다……。

나는 바다로 가는ㅅ길로 접어간다. 노오란 호박꽃이 많이 핀

돌담은 끼고 貴村이 있다.

돌담을 돌아가면——바다가 소리처 부른다 바다소리에 내가

젓는다. 내가 싯는다.

물바람이 生活처럼 차당. 몸에 스며 드나 오싯는 모든것이

젊은 커피처럼 너무도 쓰다.

—12—

나는 故鄕에 가고싶다。故鄕의 숲이、언덕이、들이、시내가 그

립다。 어릴적 記憶이 파도처럼 달여든다。

바다가 어머니라면—하고 나는 생각해 본다。바다의 품에 안

기고 싶다。안기어 날개같이 보드러운 물결을 쓰고 맘펴히 쉬

고 싶다。

水平線 아득히 아롱거리는 銀色의 鄕愁。나는 찌저진 追憶

의 天幕은 깁는다、여기 모래벌에 쥐저앉어——。

—13—

溯水로 가는 길

밤이 별들을 窓내하며

저 들을 고요히 건너올때

오리와 헌게우란놓은

몬아갈ㅅ길 좇아 잇어버리고

—14—

湖水로 가는 길에가 서서 이야기만 하고 있다。

저녁 물바람이

풀피리 소리를 실고울때

물동이를 이고 돌아가는

마을 색씨들의 흰옷 그림자 가

조각달 처럼 외롭구나。

— 15 —

湖水로 가는길은

별이 葡萄송이 처럼 열인 저 하늘에 다은듯──

머언 마을 첫山엔

발서 솟작새가 나와 운당

— 16 —

I

海岸을 끼고 別莊地帶가…… , 봄바람에 꽃잎이 떨어진다。

해볕 고곤한 몸에 아가씨는, 아가씨는 가슴을 앓으며 歎息
한다。

오오, 오오……。

—18—

파아란 하늘에 기러기 떼가…… , 가울은 소리없이 別莊을 찾

어온당 아가씨 없는 露台에 앵무는, 앵무는 鄕愁를 앓으며 홀

노 운당

오오, 오오……오

슬 픈 조 가 달

바다로 向한 窓에 기대여,

달빛에 부서지는 파도소리를 듣는것은

가슴을 앓는다는 그 女子이지요!

차더찬 海底길이

그가 꽃다운 죽엄을 埋葬하지도 오라다 하나니

—20—

오늘밤 지는 落葉조차 마음에 무겁쑤니다。

일쩌기 나도 당신같은 귀여운 아가씨를

구비 구비 돌아가는 저 汀물에

봄과함께 떠나려 보낸 쓰라린 記憶이 있다오。

저기 잠든 거리가 흐로오。

저기 달빛에 구름이 흐로오。

멀이 당신을 바라보는 내가슴에—— 슨픈 조각달이 흐로오。

바다로가는女人

I

바다 가차운 療養院—

거기 꽃한가지 없는 病室 한구석에 젊은 그女人은 오래

니 가슴을 앓었다.

마음에 춤은 문고……皮膚는 白蠟처럼 히여지고……。

그는 幸福이 그릅 바리고 제비처럼 그어느 먼나라의 푸른

—22—

四月을　찾어　갔다는것을　알고있다.

그리고　깊은밤　마다　그는　본다,　그의　肉體의　집웅에서　나

타가는　비둘기울음○　한마리　두마리　나라가면　다시　돌아올쭐

모르는　靑春의　비둘기들을.

漂遊　모래알　보다도　덧없든　사랑. 사랑.

지금은　오죽　가지　가지　記憶만이　그의　썩은　가슴을　啄

水鳥처럼　쪼올뿐이다.

유달이 熱이 놉고 기침이 甚하든날밤, 그는 栲栢꽃 보다

도 더 붉은것을 입으로 밧하였다.

밤은 海底처럼 고요하다。 南窓으로 江물처럼 밀여드는 달

빗이 차디찬 벳드볼 적시고 그롤 적신다。

푸른 달빗을 조용히 呼吸하면 마음만은 花粉처럼 가벼운

것갈어…… 그는 默台로 나가보았다。

— 24 —

밤하늘을 흐르는 차거운 달. 달을 스치며 스치며 작고 작

고 떠나며 가는 구름. 구름.

——파도소리가 바람을 타고 멀이 뚤인다.

그는 어데선가 저를 부르는 늙은 어머니의 음성을 뚤은

것같다.

「어머니!」

그는 무슨을 가슴에 대고 아늑한 大地를 向하여 나즈히

불러 보았다……。

달빛을 머리에 이고 女人은 모래벌을 바다로 간다.

바다는 그를 부르고…… 바다는 그를 붓들고……. 치마폭이

旅人발 처럼 펴덕인다.

손두레을 입에대고 걸어가는 그를 따르는 손두레을 입에 밷

고 걷어가는 검은 그림자——.

그림자는 그의 半生처럼 짙고 슬프다。

기침을 하며 피를 吐하며 農夫처럼 疲勞한 몸을 그는 어

서 어머니——바다의 품에 맡기고 싶었다——

바다여, 안어다오。

바다여。

가마귀가 운다, 어데인지 아지도못할 곳에서.

城墟을 건너 먼 瀝城거리문 헤매일때

그때도 저 시커먼 새는 따라와 슬피 울드랑

가마귀야 내 肋骨을 쪼아먹은 새야

멀이 나에게서 날아가렴으나……딴나라의 깊은숲으로.

—28—

무서운 밤이

말없이 저기 거리를 向하여 걸어온다

그 무슨 일인지 窓밖으로 중중거리며 소리치며 뛰여가는 사람

묵……

나는 臨終하느니처럼 呼吸이 갑부구나!

오오, 오매야 燭ㅅ불을 밝거다오

燭ㅅ불을 밝혀다오——내 맘 우에

—29—

女　人 ―

病든　물새들이

과다거리고……우짓고……괴론　말하는

바다、

그런　어둠의　바다가

그女人에게　있었을　쭐야……。

푸른 滄海가　바라다　보이는

서늘한　테라스ー

스페인·벳드우에　누었던　女人은

새벽달　같이

차고　희였다.

女 人

窓밖에 가을비 소리가

肺를앓는 그女人의 기침소리로 밖에

그렇게 밖에 않들이 는날——

가슴 구석마다
그女人의 記憶이
다시 거미줄을 느른다.

Ⅲ

바 다

셜믜草 오랜 모래언덕을 넘어

바다여 너를 찾어

내 여기 왔다。나를 바리고 갓는 그 女人을 다리고 내 여

기 왔다。

오、너를 보는것이 멫해만이냐。

—34—

生에 쫓기여 쓰라릴때 마다

얼마나 얼마나 네가 보고 싶었든지……。

파아란 저 하늘엔 구름이, 흰 새우같은 구름이 흐르고

海藻냄새 香氣한 바람、 내 머리카락을 휘날니는 오늘、

바다여 너는

하늘로 간배기를 찾으며

어린 강아지 모냥 뛰어가고 뛰어오고……

내앞으로 먼 航海를 하는 船舶들을 부르나니

너는 그렇게도 내가 좋으냐.

너는 그렇게도 날 따라온 이 女人아 좋으냐.

바다여

우서라.

노래 불러라.

●●
랑고를 추워라ー 終日날 처럼.

나는 몹시 疲勞한 사람이다ㅇ너 나를 위무해 주렴ㅇ너ー나

—36—

의 이뺨꽃을 매만져 주렴.

바다의

애여 너의 아득한 저 水平線으로 밤을 붙으지 말라

밤이 오면

내 네곁을 다시 떠나아 하나니、 한께온 이女人도 보내야 하

나니……

그러나 밤은, 밤은 밤늦이 오리랑 이윽고 슬픔도 밤울따라

— 37 —

나에게 동아오리라,

오오 바다여 바다여

네겨울 떠나야한 그때쯤 생각하고

女人을 보내야할 그때쯤 생각하고

오늘 한종일 내 너하고 놀이.

모든 생각을 잇고

내 오늘 한종일 너하고 눈이 즐거워하며……내 결코 슬퍼

하지 않고……。

福 女 ―

賈笑婦 북녀의 품속에 疲困한 내가 있다. 내 가슴속에 離

別의 슬픔이 있다. 슬픔속에 뜨거운 눈물이 있다.

비를 몰고오는 차디찬 새벽. 새벽이 들창을 노크할제, 안타

가운 마즈막 입술과 입술……. 북녀의 검은 눈섭에 눈물이

방울 방울 이슬처럼 맺인다……。

북녀야 너는 花粉처럼 고혼 너의 戀情으로 내 가난한 靑

春을 裝飾하드라。 그러나 새벽은、새벽은 너무도 殘忍하구나。

흐느껴 우는 것은 窓밖에 겨울비다。눈물을 종이며 슬퍼하는

것은 북녀다。나다。마음 東川은 칩쓰는것은 어젯밤 追憶의 바

람이다。

— 40 —

「火爐」불 삭어 쓸쓸한 行廊房 나는 거기 두고온 북녀를 생
각하며 아직 밤물이 머물고 있는 뒷골목을 걸어간다. 뒷골목
을 걸어가며 오랜 歲月의 나의 寂寞을 計算한다……。

福　女　ⅠⅠ

한번 맛낫다 헤여지고 그리고
다시는 만나지 못한
복녀야

새벽달 보다도
히고 찬 肉體를 갓은……
그리나 매봉맛이 있는 입술은 메기든
복녀야

내 품에서 함박눈 처럼

그렇게 녹아 바리고 싶다고……

하로ㅅ밤 사랑에도 묵묵 울든

복녀야

너는 惡의 山峽에 피여난 한떨기 人憎의꽃.

너는 좀기한 눈물의 悲賞.

눈물을 · 잔득 머음고 바라보는 너의 눈속에는

복녀야, 아름다운 宇宙가 있드구나.

少年

薔薇가지를 휘여 올타리를 한 하이안 柵舍을 돌아가면 곰

바다였다.

어느날 黃昏. 少年은 바다로 나가 가슴깊이 오래니 지니고

있던 무지개 같은 꿈을 차디찬 물결위에 집어던졌다. 그리고

자기 붐 맛어……。

—44—

이제 꿈은 海底같이 바둑돌처럼 가라앉어 떨어지는 꽃잎새

돌을 생각하고 있으리라……○ 이제 서근든 느낌많은 주든 봄

도 이윽고 물결을따라 그어느 먼 海岸으로 아주 떠나가리라○

少年은 가벼운 마음에 첫파람 ●○● 까지 불며 旅舍ㅅ길을 돌아갔

나, 등뒤에서 부르는 바다 소리를 향모가 처럼 들으면서……○

그러나 少年은 그날밤 부터 시름 殘을 잃어 자리에

눕고 마랐다○ 그가 무슨 病으로 앓는지는 醫師도 모르는 수

수격이였다○

賣笑婦

그는 殘忍한 肺病이 복사빛 그의 가슴을 좀버레 처럼 과

먹는것을 아지못하였다. 그럼으로 肉體의 다뜻한 體溫이 어

름짱 같이 冷却하여 가는것은 그렇게 슬퍼지는 않었다.

그가 純情의 衣裝을 粉失하였다는 이야기도 벌서 오랜 傳

—46—

없이다。 그의 肉體는 食人種같이 狂暴한 사나히들이 깔기고 간

지저분한 落書로 더럽괴었다。

悔恨도 없다。 슬픔도 없다。 구겨진 地圖같은 老齡만이 그의

얼굴에 年代記모냥 전여있었다。

그가 그어느 田園에서 野菜를 裁培하려 든것은 꿈에서 살으

려는 그의 마음이었다。

廢墟와같은 肉體의 城속에 王子와같이 얼굴 핀 사나이를 기

다리든것은 그의 마즈막 華爛이었다。

現實처럼 찬 겨울날。 늙고 賣笑하는 서울 뒷꼴목 어느 行廊房에서 죽었당。 기구사랑꾼은 紙燭대신 啼笑를 보내었당

IV

누나야

오늘도 한종일

시드른 숲 잔디밭에 앉어 무엇을 생각하고 있니?

바람에 떠려지는 나무잎새들은 바라보며

너는 가울이 오는것을 슬퍼하니?

가버린 여름날의 한개 太極扇처럼

그렇게 잇어바렸을

너는 그얼굴 한 사나히를 생각하니?

五月 꽃상이 처럼 낡니는

山峽 저녁안개는 가슴에 슲롭다드라。

생각하는것은 더욱 슲흐면다。

모두가 슬픈歲月의 꽃다발이엿나니

저기 조고만 湖水에

비 그무거운 마음을 던지렴。

네 에 저 순을 아래 와서

머리진 아픔을 잛든 앉아 네몸 돌아가고

시방 차더찬 밤이 川을넘어 나려우다……

누나야 생각을 말고

그만 宿所로 돌아가자.

•••
돌아가서 슈미네에 작작불을 집피고

내가 좋와하는

그「엘례나의 이야기!를 어제와갓이 들어주마。

아 가

검은 비스줄기가 琉璃窓을 차고 달아난다, 달아 났다가는 다
시 돌아와 찬다, 차고는 가고 갔다가는 와서 차고……. 바
람소리, 비스소리, 온갓 宇宙의 소리가 나의 귀스속에서 버
석거린다.

「웅아, 웅아!」

—53—

밤은 깊고 , 。담벼락은 더듬어 다니는 고양이 소리 같기
는 않다。아가가 섯을 달나고 보챈다。엄마를 찾는다。않이。
아빠를 부른다。

나는 광을버려 안어주고 싶다。

「오냐, 오냐」

「아가야, 너는 어데메 있니?」

나는 웬앞으로 달여가 문짝을 어려게겠다。 캄캄한 어둠속에
서 바람이 달여붙어 나를 찬다。 빗줄기가 나를 갈긴다。

오오、처라! 갈기여마!

비여
바람이여

어데선가 아가의 우는 소리가 비ㅅ바람소리에 섞겨 작고 작
고 들여온다…….

「아가야」
나는 아가를 부르며 부르며 窓을 넘어 뛰여나갔다.

細道는 潮水 민 江邊처럼 비에 잠기고—。 나는 비ㅅ바람

—55—

에, 붕이며 웃기며 끝없이 다니겠다.

눈 다니든 물목걸이 처음온 나라갓구나。꼬불 꼬불 담울돈

아 비롤 쓰고 바람운 지고 헌 마고갑 처럼 굴녀 다니노라

면 오오、저기 아가는 나롤 보모고 섯구나。아가는 나롤 보

고 웃는구나。

街路없에 부서지는 비스방울、비스방울、비스방울이 아가의 열

물이라。아가의 얼골이 풍이라、샛어라、아니、비시랑、아니、다

셋이랑。 열이랑。 수물이랑。 백이랑。 천이랑。 오오、 수없는 아가

가 하늘에서 나려오는구나。

비ㅅ바람 끝이먼 서울 하늘에도 달은있다。

膊墟같이 조용해지 鐵路의 넓은거리!―

나는 갑재이 제역、게역 목노아 울고싶드라 저기 電柱라도

붓들고……。

「응아ﾟ 응아!」

―57―

「아가는 어데서 서럽게 울고 있오?」

나는 고개를 들어 아가를 찾는다. 어데인가 아가는 나를 기

다리고 있을것만 갔다.

「오냐, 오냐」

나는 적삼을 헤치며 ——적삼속에 아가를 품으려고 다시 걸

어갔다. 아가를 부르며 부르며……。

나의 피리는 저서진지 오라다

이다위 피리로 그무슨 좋은 曲調를 부를수 있으랴。

—58—

나의 귀여운 慈女, 지금 그도 病들었나니

오오, 차너찬 逝去여 悲哀여

가거라!

그어느 먼 北極으로라도. 썰매를 타고.

그때 나는 아가와 단둘이 살이라. 조개처럼 붉고기 처럼 무

섬히 살이라。

아가야, 아배는 아가의 집에서 아가와 단두리 살고싶다…。

歸 去 來

새벽마다 버개는 내 눈물에 깃었드라.

아가는 나를 기다리는가.

돌아가리, 내 아가의 겼으로 돌아가리.

지집을, 동무를, 詩를......

나의 즐거움이였든 모든것을 내던지고

아가를 위하여 (내 섭々히 생각지 않고)

―― 60 ――

돌아가리、 내 아가의 정으로 돌아가리.

뻑국새가 많이 나라와 우는 洞里.

복사꽃 구름피듯 유달이 아름다운 洞里.

나는 거기 아가와 놀이사자.

바람이

저 하늘로 구름쪽만 끌고 가듯이

이윽고 아가와 내가 저기 푸른물도 家鄕을 물고 다니는날ー

오오, 그난 나의 마음은 淸淡하고

人生은 端午ㅅ날 처럼 즐거우려니

돌아가리、 내 아가의 정으로…… 故鄕으로.

—61—

目次

張萬榮詩集　祝祭

昭和十四年十一月二十七日印刷
昭和十四年十一月三十日發行

著作者　張萬榮
黃海道延白郡錦山面用里八七

發行者　崔載瑞
京城光化門通二一〇

印刷所　大同出版社
京城府堅志町一一一

發行所　合資會社　人文社
京城光化門通二一〇

•頒價壹圓•

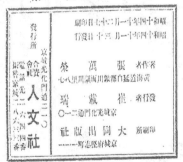

『장만영 전집』 간행위원회

위원장: 최승범 전북대학교 명예교수
위　　원: 김남조, 김지향, 원영희, 함동선,
　　　　　황송문, 이길원, 박제천, 이성천
편집간사: 김효은

장만영 전집 2권 시편 2

초판 1쇄 인쇄일　　| 2014년 12월 23일
초판 1쇄 발행일　　| 2014년 12월 24일

엮은이　　　　　| 장만영 전집 간행위원회 편
펴낸이　　　　　| 정구형
편집장　　　　　| 김효은
편집/디자인　　| 박재원 우정민 김진솔 윤혜영
마케팅　　　　　| 정찬용 정진이
영업관리　　　　| 한선희 이선건 허준영 홍지은
책임편집　　　　| 김진솔
표지디자인　　　| 박재원
인쇄처　　　　　| 월드문화사
펴낸곳　　　　　| **국학자료원**
　　　　　　　　　등록일 2006 11 02 제2007-12호
　　　　　　　　　서울시 강동구 성내동 447-11 현영빌딩 2층
　　　　　　　　　Tel 442-4623 Fax 442-4625
　　　　　　　　　www.kookhak.co.kr
　　　　　　　　　kookhak2001@hanmail.net

　ISBN　　　　　| 978-89-279-0869-2 *04800
　　　　　　　　　978-89-279-0865-4 *04800(set)
　가격　　　　　| 280,000원(전 4권)

* 저자와의 협의하에 인지는 생략합니다.
　잘못된 책은 구입하신 곳에서 교환하여 드립니다.